LES INSUFFISANCES
DU CŒUR

DU MÊME AUTEUR

Le Jardin de Winter, Phébus, 2017

VALERIE FRITSCH

LES INSUFFISANCES DU CŒUR

Traduit de l'allemand (Autriche) par Tatjana Marwinski

BOUQUINS

roman

92, avenue de France, 75013 Paris
ISBN : 978-2-38292-040-4
Dépôt légal : août 2021

L'histoire de l'humanité est l'histoire de la douleur.

Vladimir Nabokov

Tomorrow belongs to those who can hear it coming.

David Bowie

1

Alma était une enfant impatiente qui n'aimait pas perdre, qui trichait quand elle jouait à des jeux de société, qui préférait crier que se taire, qui serrait souvent les poings et ne les ouvrait que rarement, même durant son sommeil. La maison de ses parents était toujours vide, imposante comme une cathédrale et trop grande pour un enfant. Le salon était décoré d'un énorme tableau représentant des grappes de raisin si réalistes que, en été, les oiseaux pénétraient dans la pièce par les fenêtres ouvertes pour tenter d'en picorer les grains à même la toile. Le silence était si profond que l'on sursautait au moindre bruit et, quand le téléphone sonnait, on croyait l'entendre retentir dans sa propre tête. Les jours de forte chaleur, Alma était absorbée par le chant des oiseaux, et elle se tenait alors sous les arbres du jardin en retenant son souffle pour mieux écouter cet invisible orchestre, sans pourtant parvenir, malgré tous ses efforts, à en imiter la ligne mélodique. À chaque année qui passait, elle semblait être davantage au monde. À chaque année qui passait, elle devenait plus visible sur cette terre, se coulait dans les formes qui lui étaient réservées, occupait la place qui lui revenait, projetée à sa naissance dans le questionnement et dans l'espace vacant qui était là avant que quelqu'un ne vienne l'occuper. La réalité de la maison qu'elle habitait lui apparut bientôt comme une réalité à laquelle on ne pouvait guère se fier. Elle observait ses parents hanter les pièces, jouer tantôt le père, tantôt la mère, puis le couple heureux, et accueillir parfois des visiteurs pour lesquels ils se donnaient la peine de rire. Il arrivait que l'on déjeune dans le jardin avec le grand-père, la conversation était laborieuse et servie avec du vin pétillant et de petits insectes qui tombaient dans la soupe du haut des grands arbres comme des grains de poivre. Chaque fois qu'Alma voyait ses parents avec le vieil homme, elle se disait qu'au lieu d'apprendre à parler on devrait aussi apprendre à garder le silence. Le repas se terminait invariablement avec du café et un gâteau tellement gras que la crème ressemblait à du beurre, ou bien tellement sec que l'on disait en plaisantant qu'il vous en sortait de la poussière par les oreilles, selon qu'il provenait de la cuisine de la mère ou de l'atelier du pâtissier ; et puis il y avait les jeux d'enfants. Bien des années plus tard, Alma se souvenait de ces longs dimanches après-midi où elle comptait en chantonnant les doigts et les orteils nus des convives et trébuchait chaque fois qu'elle arrivait au grand-père, obligée même de s'interrompre, troublée, parce qu'elle ne trouvait que trois orteils à son pied droit. Les orteils manquants du vieil homme laissaient pressentir qu'il y avait bien d'autres choses qu'on lui dissimulait ; c'était pour Alma une pensée vague, un sentiment diffus qui l'accompagna durant toute son enfance et dont elle ne pouvait se défaire. Elle se sentait toujours lésée, sans trop savoir pourquoi – comme si la réalité lui échappait. Même les fruits dans les vasques de la grande pièce étaient en cristal, transparents et si durs que l'on aurait pu s'y casser les dents. La maison où elle grandissait lui apparaissait parfois comme un décor de théâtre inquiétant, non pas un monde fictif, mais un monde bâti à la va-vite et fragile, instable et peu cohérent dans ses détails, comme si ces derniers n'étaient que des emprunts venus d'ailleurs. Dans chaque recoin, elle tombait sur des choses qui n'allaient pas ensemble, ne résistaient pas à un regard attentif, et qui s'effondraient doucement quand on les fixait trop longtemps. Certaines disparaissaient pour de bon, d'autres réapparaissaient sous une forme nouvelle ou imparfaitement travesties. On se taisait la bouche ouverte. Il suffisait de mal choisir un seul mot, qui aurait semblé quelques minutes auparavant parfaitement inoffensif, pour que la conversation s'arrêtât. Une simple préoccupation se transformait soudain en colère, un geste d'affection restait sans effet, une phrase sans arrière-pensée devenait un reproche, et un rire mal placé provoquait un mouvement de dédain. Certaines choses se décalaient presque imperceptiblement tout en restant suffisamment semblables à elles-mêmes pour que l'on se contentât d'hésiter brièvement avant de passer outre. Les sentiments semblaient artificiels et changeants, et agaçaient le regard de l'enfant. C'était comme si toutes les personnes de l'entourage d'Alma avaient quelque chose à cacher, les parents comme les grands-parents, dont les relations mutuelles et la relation au monde étaient tendues jusqu'à en être presque insupportables. Alma ne pouvait s'empêcher de penser qu'on jouait la comédie devant elle. Dans chaque pièce se trouvait une scène sur laquelle se déroulaient d'interminables représentations durant lesquelles chacun s'appliquait à faire de son mieux pour se retrouver à la fin secrètement déçu de n'avoir pas été applaudi pour ses efforts. Des puissances invisibles avaient distribué les rôles et l'on compensait la maladresse par l'ardeur mise à les jouer. En grandissant, Alma songeait à quel point il devait être épuisant de ne pas régir sa propre vie, de n'être qu'un acteur dans une pièce sans entracte pour vous délivrer, sans jamais un rideau qui tombe. Des machines de leur propre biographie produisant des mensonges à n'en plus finir, privilégiant tantôt une version d'eux-mêmes, tantôt une autre. Des marionnettes fatiguées, une tache noire sur le cœur, qui jouent pour échapper à la mort, se courbant sans cesse, sans jamais avoir le droit de faire la révérence.

Les parents ne se disputaient que la nuit, sous le couvert de l'obscurité, comme s'ils croyaient que ces heures tardives pouvaient les rendre invisibles au monde. Alma se tenait souvent devant leur chambre, l'oreille collée à la porte, petit fantôme aux pieds nus, enfant pâle aux vêtements pâles que seuls des bruits de pas ou une fatigue si forte qu'elle vous secouait de frissons au-dedans comme au-dehors faisaient précipitamment regagner le lit. Elle ne comprenait rien et écarquillait les yeux, autant que possible, comme pour mieux entendre, mais elle ne percevait que les inflexions étouffées de la voix et le silence du souffle coupé lorsque l'on refusait de croire ce que l'autre venait de dire. Les parents parlaient comme des étrangers derrière des portes closes, et elle aurait aimé ouvrir d'un geste brusque les portes blanches à deux battants pour voir si, ayant changé de façon de parler, ils auraient aussi changé de visage. Car, la nuit, les règles valables en journée ne l'étaient plus. Si, le jour, le père d'Alma était un homme discret qui se soumettait aux systèmes de rangement de la mère avec une gratitude agaçante, préférant le rôle de valet à celui de maître, de sorte qu'il était plus simple de l'oublier que de penser à lui, il devenait bruyant et triste la nuit. La mère se défendait par le silence et l'on croyait voir ses lèvres pincées à travers les murs. C'était une femme méticuleuse vivant dans une maison à la propreté chirurgicale où elle époussetait les étagères tous les mardis avant la venue de la femme de ménage tous les mercredis. Une femme toujours mesurée et toujours aimable, mais au-delà d'une simple volonté de bien faire, son amabilité semblait trahir une volonté de se racheter, inapte à toute dispute, car les reproches et les avis contraires la rendaient d'abord inconsolable, puis malade, et elle s'affamait alors comme pour se punir, n'avalant rien d'autre que ses soupirs, des jours durant. Le monde autour d'elle était si scrupuleusement organisé qu'il n'y avait pas de place pour l'imprévu, qui ainsi n'advenait jamais. C'est pourquoi Alma en était venue à aimer, chose étrange, non seulement les nuits de dispute, mais aussi celles, rares, où la mère était en proie au somnambulisme. C'étaient des moments magiques de désordre, des infractions au système de lois qu'elle avait elle-même mis en place, et Alma les observait avec une curieuse satisfaction. La mère d'ordinaire si réservée et si pondérée devenait la folle en chemise de nuit qu'Alma, brusquement tirée de son sommeil par un bruit inhabituel, suivait avec stupeur. La lueur blanche du tissu éclairait son chemin. C'était une métamorphose sans retenue. La lune montait à la tête de la mère dans l'obscurité de la nuit, brisant son calme et la rendant captive de la planète, fébrile et extraterrestre.

La lune lui ouvrait les paupières en tirant sur les cils, jusqu'à ce qu'apparaisse un regard fixe qui se perdait dans le vide. Elle lui faisait quitter le lit conjugal puis la menait par des fils invisibles à travers la maison nocturne comme une poupée de lune en un parcours labyrinthique, le long des motifs des tapis posés dans les couloirs. Sur son injonction, la mère ouvrait des portes et entrait dans des armoires, sortait des assiettes à dessert de la vitrine et les laissait tomber en cercle autour d'elle, comme si elle mettait la table. Elle cherchait à saisir le moindre rayon de lumière, traversait son propre jardin et celui du voisin si on ne la rattrapait pas assez vite. Elle marchait d'un pas sûr, se heurtant aux murs et aux tonneaux destinés à récupérer l'eau de pluie, aux arbres fruitiers et aux piquets de clôture, dévalait les escaliers ou la route, et elle ne retournait au lit qu'une fois que le père venait la prendre par la main. Une nuit, elle courut au cimetière et resta debout devant la tombe d'un inconnu, blanche comme un cierge, jusqu'à ce qu'un promeneur nocturne, mort de peur, appelât la police qui vint la raccompagner à la maison. Elle continuait toujours de dormir, comme si de rien n'était, revenant à elle le matin, avec d'infimes égratignures et des bleus, mais sans souvenirs. Enfant, Alma se réjouissait de ces petites représentations nocturnes, applaudissant la folie de sa mère que l'influence de la lune semblait rendre plus proche d'elle-même, libérée de ses crispations, presque gaie et indépendante. De même, Alma aimait les histoires d'épouvante que lui racontait son père pour lui faire peur, et aussi la déception de celui-ci quand elle n'était pas suffisamment effrayée. Il lui parlait avec gravité des voisins ensommeillés de son village d'enfance qui pensaient voir des fantômes quand, réveillés la nuit par les pas des somnambules, ils se tenaient à la fenêtre et s'emparaient, dans leur terreur, de leur fusil pour tirer sur les silhouettes blanches éclairées par la lune, de sorte qu'au petit matin on retrouvait un cadavre en pyjama couché au bord du chemin. Un Icare nocturne, disait chaque fois le père en guise de conclusion et sur un ton réprobateur, encore un qui s'était trop approché de la lune. Mais Alma aimait l'influence qu'avait la lune sur sa mère et aussi le fait qu'elle ne se souvienne de rien, et elle était heureuse que le lendemain de ses errances lunaires la mère fût toujours en vie, bien que revenue à elle-même et honteuse de son comportement qu'on lui rapportait. Une fois seulement, on le lui cacha, c'était la nuit où Alma s'était réveillée parce que de la musique emplissait la maison plongée dans l'obscurité. Au salon, la mère était assise nue au piano et jouait « Le Tilleul », extrait du *Voyage d'hiver* de Schubert, les yeux grands ouverts, les seins couverts de chair de poule, les jambes largement écartées.

Au demeurant, on entendait peu d'histoires dans cette grande maison où les conversations et les questions étaient rares. Si d'aventure cela se produisait, les explications le cédaient invariablement au réflexe du silence comme s'il s'agissait là d'une réponse valable aux questions d'un enfant. Il y régnait un mutisme que l'on brûlait de confondre, un silence qui faisait enrager. Tous les enfants perçoivent le mensonge dans ce qui est passé sous silence. Et la peur. Quand on est petit, on craint le monde invisible, la simulation et la dissimulation, on craint cet espace que l'on imagine et que l'on soupçonne derrière les portes fermées, habité d'esprits, de monstres ; les uns, étrangers, dont on ne peut pas prouver l'existence ; les autres, familiers, que l'on ne reconnaît pas. Ces représentations viennent se glisser dans chaque fissure et s'engouffrer dans chaque béance. Les trous de serrure ne sont que les ombres des bouches grandes ouvertes des enfants qui épient, cachés derrière les portes closes, les secrets des adultes. Enfant, on est affublé d'une réalité dont on ne se débarrasse plus. Alma était une petite fille impatiente que les récits incohérents et contradictoires qu'on lui présentait n'arrivaient pas à convaincre. Les récits de vie de ses grands-parents et parents la perturbaient plus que tous les autres, des biographies incertaines, incompréhensibles et pleines de lacunes, une chronologie incohérente où elle s'égarait. Elle ressentait au plus intime d'elle-même quelque chose qui ne collait pas avec la réalité extérieure, une connaissance lointaine et profonde de choses qu'elle-même n'avait pas vécues. Trop timide pour poser des questions, elle était à l'affût du moindre élément, du moindre détail, du moindre bout d'existence qui lui aurait permis de combler les failles, d'expliquer les cassures. D'année en année, elle mettait de plus en plus en doute l'amour conjugal de ses parents, observait d'un œil critique leur relation polie mais indifférente, et elle ne savait jamais si la mère ou le père en savait trop ou pas assez l'un sur l'autre. Ce n'est que dans les discussions surprises pendant la nuit qu'elle pressentait confusément une forme d'amour – ce qu'il avait été et ce qu'il était devenu. Le grand-père venait, comme il se doit, tous les dimanches, subissait les familiarités les lèvres pincées et repartait avec un morceau de gâteau que l'on avait emballé pour la grand-mère restée à la maison. La limite entre un silence et ce qu'il était encore permis de dire était ténue. L'histoire du grand-père était celle de la guerre, et on ne la racontait que lorsqu'on ne pouvait pas faire autrement, à mots couverts, un récit ritualisé à la chronologie extravagante et qui ne se souciait guère d'un début et d'une fin. Elle sonnait toujours faux et était si troublante qu'il était facile de confondre victimes et meurtriers, journaux intimes et livres d'histoire, si l'on n'y prenait garde. Son histoire commençait une fois ici, une fois là, et on avait l'impression que le grand-père n'en avait pas vraiment fait partie, qu'il n'avait pas vécu ces années difficiles et que la guerre, qui ne semblait toujours pas vraiment finie, lui était arrivée comme par accident. Tout comme les orteils manquaient à son pied, les détails et les dates manquaient à son récit. Ce qu'Alma souhaitait ardemment, c'était un moment de clarté dans ces conversations, que quelqu'un tombât le masque et se levât d'un bond en hurlant pour demander, tremblant d'émotion, comment les choses s'étaient réellement déroulées, mais elle devinait déjà que ce vœu ne se réaliserait sans doute pas. Les mots qu'Alma retenait le mieux, c'étaient les grands mots froids de la guerre, qui eux abondaient, et que l'on faisait glisser comme les éléments mobiles d'un décor de théâtre, lourds comme des pierres quand on les soupesait dans sa tête. Enfant, elle se tenait assise sous la table et écoutait, plus tard elle était assise à table, tellement silencieuse que les adultes ne la remarquaient pas, glanant des termes, fusil et bombe et soldat et paix, mettant en place dans son esprit un petit lexique de ce passé éloigné qu'elle consultait parfois quand elle ne comprenait pas suffisamment le présent. De nombreuses années passèrent avant que les mots entendus prennent du sens, et tandis qu'Alma réfléchissait dans la journée aux liens qui pouvaient unir les choses, essayait de faire des rapprochements entre les divers éléments ou les oubliait, elle rêvait la nuit de cette guerre en images nettes et cristallines. C'était comme si les grands-parents lui avaient transmis leur propre destin à travers la double hélice de son ADN, comme s'ils avaient implanté en elle l'obscurité de l'abri antiaérien et le froid du front, comme s'ils avaient fixé dans le corps de leur petite-fille le silence comateux des jours de guerre entre deux bombardements, une vague faim, un vague poids. Comme si elle avait hérité de la grand-mère une maison en ruine et du grand-père les souvenirs de ses années de soldat et de ses années de prisonnier de guerre. Même en pleine journée elle avait parfois l'impression de voir tomber d'un ciel gris les bombes d'alors, l'espace d'une seconde seulement, comme si elles étaient tatouées sur la rétine de ses yeux. Il lui semblait parfois qu'elle avait sans le vouloir hérité d'un passé dont elle ne savait pas exactement en quoi il consistait.

Des années plus tard, alors qu'elle avait atteint l'âge adulte depuis longtemps, elle apprit en lisant un magazine chez le dentiste que l'on avait fait une expérience sur des souris, qui consistait à leur inculquer la crainte de l'odeur des fleurs de cerisier ; elles transmettaient alors cette appréhension à leurs petits. Ils venaient au monde avec un savoir basé sur l'expérience, alors qu'ils n'en avaient jamais fait. Ils n'étaient pas seulement porteurs du patrimoine génétique de leurs parents, mais aussi de leurs souvenirs, d'une sorte de mémoire génétique. Alma s'imagina des souriceaux tout juste nés se retrouvant dans un laboratoire face à ces fleurs splendides, tremblant de peur sans savoir pourquoi, comme si leur seule beauté les plongeait dans la terreur.

Les parents n'évoquaient leurs souvenirs d'enfance et de jeunesse qu'incidemment; ce n'est que plus tard, et dans les livres d'histoire, qu'Alma découvrit que les mères épuisées et les pères colériques correspondaient en fait à un schéma bien connu. Ils avaient grandi durant une guerre qui n'était plus, qui avait pris fin dans le monde mais pas dans les esprits, prisonniers d'une guerre de l'ombre, d'une réalité décalée dont ils ne parvenaient pas à se défaire. Ils avaient vécu dans des foyers de l'indisponibilité, où tout chagrin d'enfant était trop insignifiant pour être pris au sérieux, parce qu'il n'était rien comparé aux expériences douloureuses de cette génération ayant vécu la guerre. Une brûlure au doigt, une écorchure au genou, un cauchemar ne méritaient pas qu'on y prêtât attention, cela ne provoquait qu'une incompréhension distraite ou, dans le meilleur des cas quelques tièdes paroles de consolation, comme ne manquait pas de le répéter la mère quand elle se penchait, soucieuse de son devoir, sur un doigt ou un genou écorché, ou la réconfortait d'un mauvais rêve. En grandissant, Alma se rendit compte que l'enfance de ses parents avait été marquée par l'absence des adultes. Le père était devenu orphelin très tôt, sans garder aucun souvenir de ses vrais parents, mais nombreux étaient les proches qui s'étaient occupés de lui, comme une grande famille. Lorsqu'elle imaginait le lieu où avait grandi sa mère, Alma se le représentait comme une maison de poupée, une miniature du chagrin. D'en haut, elle regardait dans les petites chambres et y observait les personnages comme grossis à la loupe qui semblaient être très loin les uns des autres, même dans les pièces les plus exiguës, le regard tourné vers l'intérieur ; elle y voyait alterner la lumière et l'obscurité, elle y voyait le grand-père sans orteils, les enfants lui apportant une bouteille de vin, la grand-mère assise à l'écart, souffrant de maux de tête qui jamais ne cessaient. Elle la voyait élever les enfants pour qu'ils deviennent discrets et prudents, de petits êtres qui ne devaient rien déranger dans cet univers, qui s'efforçaient avec beaucoup d'application de n'être un fardeau pour personne, tout en tentant d'atténuer cette tristesse diffuse qui était partout dans l'atmosphère. Elle voyait comment sa mère, enfant, imaginait les histoires les plus rocambolesques dans l'espoir d'obtenir ne serait-ce qu'un sourire distant. Comment elle rougissait d'effort en tâchant de bien faire. Et comment elle craignait d'avoir fait ce qu'il ne fallait pas. Comment elle cueillait tant de fleurs pour ses parents qu'il n'y avait pas assez de vases pour y mettre tous les bouquets. Comment elle touchait timidement les adultes dans leur sommeil, parce qu'elle n'osait pas le faire quand ils étaient éveillés. Comment elle devinait que l'essentiel de sa vie s'était déroulé avant sa naissance.

Quand Alma était petite, chaque fois qu'elle pensait à la guerre, elle se l'imaginait comme une machine magique où les hommes entraient d'un côté et ressortaient de l'autre, transformés, aliénés, dénaturés. Tout pouvait arriver, les rôles étaient intervertis, les identités brouillées, mais en aucun cas on ne devait rester le même. Ceux qui s'engageaient dans la guerre en héros pouvaient très bien en ressortir en criminels, traîtres ou victimes ; ceux qui avaient été jetés à terre et humiliés se tenaient soudain debout avec plus d'assurance que n'importe qui d'autre, devenant courageux ou cruels, et seuls les morts demeuraient invariablement muets.

Comme tous les membres de sa famille, les parents d'Alma étaient vulnérables à la plus élémentaire des offenses, celle de la dissemblance. Ils étaient consciencieux, probes, aimables, accordaient de l'importance à la supériorité morale, mais d'une manière désagréablement contenue ils étaient déçus de voir à quel point leur propre enfant leur ressemblait peu. Comme tout le monde, ils voulaient être différents de leurs parents, mais avoir des enfants qui leur ressemblent. Plus Alma grandissait, moins elle correspondait à cette attente. Tandis que le père et la mère réduisaient leur ego au point de le rendre presque invisible, Alma était attirée par l'excès et la démesure, l'existence brute et nerveuse, elle ne faisait pas la distinction entre ce qui était épouvantable et ce qui était beau, et trouvait que tout ce qui se produisait avait une fonction légitime. Elle était perméable à tout, était mélancolique, pathétique, fascinée par les idées radicales, et résolument prête à accueillir toutes les blessures à venir, ce qui ne manquait pas de décontenancer son entourage. Elle était capable d'une haine froide pour les autres comme pour elle-même. Une grande jeune femme au front haut et aux mains aussi larges que les mains en prière peintes par Dürer. Chaque jour lui venaient de nouvelles envies et elle ne voulait renoncer à aucune d'entre elles. Elle menait une vie préservée, était enfant unique, solitaire, une élève moyenne, elle ne faisait pas de problèmes et personne n'avait à se plaindre d'elle. L'univers de ces années de jeunesse était fait de silence et d'extravagance. Quand ses parents étaient sortis, elle passait des heures entières seule dans la grande maison avec ses meubles massifs laqués de noir et ses tableaux aux cadres dorés représentant des paysages austères. Bien avant les corps des autres, ce sont les choses qui font frémir l'être humain. Des pièces vides, des objets froids, un enfant qui s'en empare de ses doigts glacés. Les dimanches après-midi, assise dans la baignoire, elle se décolorait les poils pubiens avec des cotons-tiges et de l'eau oxygénée puis se promenait nue dans les pièces vides, passant de chambre en chambre en écoutant « Space Oddity » à plein volume et lisant le Credo à voix basse. Elle contemplait sa nudité dans les miroirs du vestibule aussi grands que des portes, tandis que l'odeur de l'eau oxygénée lui picotait le nez. Elle se laquait la bouche avec le rouge à lèvres de sa mère, mettait également ses sous-vêtements en imitant l'expression de son visage, s'observait dans le miroir avec un regard d'emprunt et la culotte à dentelles trop grande qui faisait des plis sur ses hanches. Elle réfléchissait au monde. Réfléchissait à l'amour. Rêvait de grimper par la fenêtre, la nuit, pour rejoindre un inconnu, dormir en cachette dans ses bras et repartir avant qu'il ne s'éveille. Elle restait agenouillée, nue, sur l'appui de la fenêtre, sur la pierre froide en été et réchauffée par la chaleur du radiateur en hiver, enveloppée dans les rideaux, et elle observait le petit monde gris au-dehors, attendant qu'enfin l'avenir rattrapât le présent, qu'enfin advienne le moment présent, maintenant, tout de suite. Et que le monde soit prêt quand elle le serait. Durant ces années où elle grandissait, rien ne lui semblait plus nécessaire que de vivre au-delà de toute mesure.

La maison était vide, mais la tête d'Alma regorgeait d'images. Comme tous ceux qui ont de grandes attentes, le sommeil l'importunait. Elle dormait peu, et la nuit elle lisait des manuels scolaires et des romans qu'elle ne comprenait pas, assise sur la moquette de sa chambre en T-shirt et en culotte. Elle écoutait de la musique si fort que ses parents ne se couchaient jamais sans se boucher les oreilles avec des morceaux d'ouate qu'ils oubliaient le matin, si bien qu'ils étaient assis à moitié sourds à la table du petit déjeuner, jusqu'à ce qu'un mouvement de tête finisse par faire tomber les tampons dans l'assiette à côté du pain et du beurre. À la lueur de la lampe de bureau, elle faisait des dessins au stylo à bille bleu dans les marges de ses cahiers, des gribouillis qui représentaient la vue, immuable, qui se présentait à elle quand elle regardait par la fenêtre ou son visage, toujours changeant, quand elle se regardait dans le miroir, les images qui lui étaient restées de son dernier rêve et les images qu'elle n'arrivait pas à chasser de son esprit. Elle dessinait, à l'intérieur des tiroirs et sur les portes des armoires, des êtres fantastiques, des batailles, des feuillages foisonnants, des visages émaciés, de petits parapluies et de gros animaux. En dessinant, elle avait l'impression de faire des expériences avec les éléments, de tester leur faculté d'association, leurs réactions, leur capacité à se métamorphoser. Elle se servait des composantes du monde qu'elle connaissait pour construire une multitude d'autres mondes dont elle ignorait encore tout, et qu'elle ne faisait que deviner. Des images, il y en avait à profusion, chacune suffisamment nouvelle pour entretenir la faim de découvrir la prochaine. Suffisamment ancienne cependant pour qu'on puisse penser l'avoir déjà vue. C'étaient des années de jeunesse marquées par de longues nuits, de longues journées et des rêves confus. Quand elle fermait les yeux, elle voyait les gens debout au sommet d'une montagne, les bras écartés et le visage empourpré, tenter de changer de corps, de se transformer en quelqu'un d'autre pour finir par rentrer chez eux, fatigués et pareils à eux-mêmes. Elle rêvait d'hommes au teint blanc et aux yeux de mercure devant des murs verts – des tapisseries d'arsenic, toxiques et humides –, elle rêvait d'aquariums remplis de sirènes, de soldats qui accrochaient leurs membres sur des cordes à linge avec des pinces en bois, et d'enfants qui décrochaient ces bras et ces jambes et les emportaient dans des paniers à travers champs, elle rêvait de jeunes femmes-sabliers renversées sur la tête et dont le corps translucide laissait entrevoir le temps qui s'écoulait, elle voyait des machines de Rube Goldberg croître jusqu'à dépasser les limites du globe et faire durer à l'infini les processus les plus simples. Elle rêvait de villes où l'on jetait une allumette et qui aussitôt s'embrasaient. De jeunes filles au sexe comme une maison en feu. Des rêves d'arsenic, des rêves de pyromane, des rêves de guerre. De ciels noirs de bombardiers et noirs d'oiseaux. De vastes plaines grouillantes de monde l'instant d'avant et complètement désertes l'instant d'après. De paysages sans arbres dont l'immensité et la désespérance fendaient le cœur. De steppes et de déserts, de paysages hostiles peuplés au loin d'êtres muets faits de sel et de soufre et d'hommes noirs de charbon qui laissaient des traces à chacun de leurs pas. D'un hiver qui ne passait pas et d'une obscurité si glaciale qu'elle grelottait en rêvant et se réveillait les mains froides. D'une neige qui ne cessait de tomber sur les enfants, les maisons et les jardins jusqu'à ce qu'on n'aperçoive même plus les arbres les plus hauts, une neige qui recouvrait des villes entières et les faisait disparaître, ensevelissant jusqu'aux cheminées et aux gratte-ciel. Dans son sommeil, elle jouait aux échecs contre elle-même, rêvant qu'elle était assise au milieu d'une prairie aride, seule face à un échiquier; elle réfléchissait longuement à ses coups, reconnaissait dans les figurines du jeu le visage de son père, les traits de sa grand-mère, parfois les siens, prenait les unes, protégeait les autres et se réveillait toujours avec le sentiment d'avoir échoué.

Les années passant, Alma avait le sentiment que quelque chose qu'elle ne pouvait nommer la taraudait. Elle connaissait par cœur les pièces qui se jouaient dans cette vaste demeure, elle savait ce qui allait advenir ou non, elle pouvait réciter à voix basse le déroulement du quotidien, elle devinait les phrases avant qu'elles ne soient prononcées, car c'étaient toujours les mêmes. Les rôles ne changeaient plus, le script était définitif. Elle s'interrogeait souvent sur son rôle à elle. Elle faisait partie autant de la représentation que du public, mais elle ne pouvait ni applaudir ni siffler les éternels mensonges des infatigables acteurs, elle jouait son personnage tant bien que mal et se sentait étrangement malhonnête quand elle se mettait au diapason du silence. L'inquiétude de son enfance ne la quittait pas. L'histoire familiale la préoccupait continuellement, s'imposait de manière récurrente à son esprit et déterminait sa curiosité pour les choses du passé. Certains jours, il lui semblait que le passé éclatait à l'intérieur d'elle-même et elle ressentait ses origines comme un corps étranger, une boîte verrouillée, une énigme étrange, à la résolution de laquelle elle ne croyait qu'à moitié. Son obsession de la guerre avait quelque chose d'inquiétant, elle était incapable de jeter le moindre croûton de pain, aussi sec fût-il, comme si, à l'instar de ses aînés, elle avait connu les privations de cette époque ; chaque fois qu'elle passait devant un monument aux morts, elle était bouleversée, comme s'il avait été érigé pour elle. L'adolescence lui paraissait être une période où l'on recherchait avidement une identité, où l'individu tentait de s'extraire lui-même d'une carrière et Alma finit par en conclure que le mot *Je* était une appellation beaucoup trop facile pour se désigner soi-même, qu'elle n'avait de sens que lorsque le *Je* savait ce qu'il signifiait, d'où il venait et ce qui faisait son originalité. Savoir que l'on était toujours l'enfant de quelqu'un et qu'on le restait, même à l'âge adulte, mettait Alma mal à l'aise. Elle imaginait son existence sur terre comme un raisonnement mathématique, un calcul compliqué avec pour variables les morts et les vivants, et la famille comme un système incompréhensible. Elle plaçait les membres de sa famille et leurs destinées sur la ligne du temps, les voyait posés entre les années comme des pions, les maillons d'une chaîne, avec chacun son propre legs. Quand il n'y avait personne à la maison, elle fouillait dans les caisses du grenier, se plongeait dans de vieux documents et des albums photo à la couverture en lin, dans lesquels il manquait souvent des années entières, comme mises entre parenthèses. Elle s'emparait de ces morceaux du passé, avec leurs dates et leurs noms de lieux, certificats de mariage et lettres du front, photos et cartes d'identité, comparant ce qu'ils révélaient avec ce qu'elle avait entendu. Elle scrutait les visages jaunis de gens qu'elle ne connaissait pas et avait même souvent du mal à reconnaître des visages familiers. Elle déchiffrait des lettres manuscrites sur du papier très mince. Elle faisait des recherches dans les registres paroissiaux, les registres des décès et les archives communales digitalisées. Elle trouvait partout des indices renvoyant aux deux grandes guerres du siècle passé et commençait à se demander s'il était vraiment possible à quelqu'un de ne pas se sentir concerné par une telle catastrophe qui, dans sa démesure, n'avait épargné aucun de ses contemporains. Durant ces années, elle ne savait rien encore, mais elle recherchait et collectait des informations sans but précis. Elle posait à ses parents les mêmes questions que dans son enfance, et les réponses maladroites, voire brusques, qu'elle obtenait prouvaient que sa mère et son père ne s'efforçaient pas de tout lui taire, mais que souvent ils ne comprenaient pas eux-mêmes ou ne voulaient pas comprendre certaines choses. Elle interrogeait également son grand-père, mais avant même que celui-ci ait pu se détourner, ses parents la réprimandaient en lui intimant l'ordre de laisser les vieilles personnes tranquilles, et elle avait l'impression qu'on lui reprochait de troubler le sommeil des défunts par sa curiosité et qu'on lui demandait en chuchotant de ne pas déranger les morts ni même les meurtriers. Quand ses camarades de classe voulaient savoir en quoi tout cela la concernait, elle haussait les épaules et ne trouvait pas d'explications, ni pour les autres ni pour elle-même. Elle ne savait qu'une seule chose : elle voulait briser le silence au lieu de le préserver.

2

Le grand-père était un homme singulier, mutique. Quand il cessait de parler, il ne sortait plus de son silence. Il passait aisément inaperçu, sauf quand il était en colère. Souvent il se tenait assis, des heures durant, muet, dans un coin de la maison, et ne redevenait visible que lorsque la grand-mère l'apostrophait et qu'un mot de lui permettait de le distinguer de la chaise et de la table. Parfois, c'était un bruit qui le trahissait, une inspiration profonde, une effervescence des intestins. On décelait chez lui une misanthropie, une colère et une meurtrissure que l'on appréhendait, parce qu'on ne savait ni d'où elles venaient ni comment l'en délivrer, et l'on craignait de blesser ses sentiments rien qu'en lui adressant la parole. Il sentait toujours comme s'il sortait du bain, le savon et l'*Irisch Moos*, mais il était mal rasé, et de longues touffes de barbe foisonnaient sur son cou. Lorsqu'il y avait de la visite, il se consacrait à des activités qui le dispensaient de participer à la conversation ou bien il se retirait dans la cuisine. Il restait assis des heures entières sur le banc vert, regardait par la fenêtre et feuilletait les journaux en mouillant le bout de son index, si bien que les lettres noires s'imprimaient sur la peau, laissant voir sur son doigt un alphabet miniature. Quand il avait fini de lire, il se faisait un thé à la menthe. Ses mains de vieillard tremblaient comme s'il grelottait. Les secousses étaient si fortes que les morceaux de sucre pleuvaient sur la nappe ou sur le sol, de sorte que les deux chiens guettaient déjà à ses pieds dès qu'ils entendaient l'eau bouillir. En été, quand les mouches bourdonnaient à travers la cuisine, il se tenait au milieu de la pièce et tentait de les attraper. Il frappait des centaines de fois dans ses mains tremblantes et, quand enfin il en avait attrapé une, il continuait à frapper aussi longtemps qu'il le pouvait, encore et encore, comme s'il s'applaudissait lui-même. C'étaient des applaudissements qui engendraient une petite mort entre ses paumes. À part ça, on ne l'entendait pas, hiver comme été. Quand les visiteurs prenaient congé, c'est toujours lui qui les raccompagnait à la porte. À petits pas, les épaules mollement voûtées, la clef déjà dans la main, le bras déjà tendu. Il s'efforçait toujours de marcher aussi vite que celui qu'il accompagnait, de ne pas rester en arrière, de ne pas être distancé d'un seul pas, pour épargner à l'autre et à lui-même la gêne de voir à quel point il avait vieilli.

Lors des fêtes d'anniversaire que la famille organisait tous les ans pour lui, le grand-père s'éclipsait toujours de la place d'honneur qui lui était réservée après le premier verre, fuyait gauchement et ostensiblement la sollicitude générale et ne revenait que lorsqu'on avait renoncé à le chercher. Il lui était pénible de se retrouver en compagnie d'hommes, de femmes et d'enfants unis par les liens de parenté plutôt que par l'affection mutuelle, et il lui était pénible de constater à quel point l'idée que l'on se faisait les uns des autres était différente de la réalité. Comment aimer des gens auxquels on pensait beaucoup, mais dont on savait si peu de chose ? On servait toujours du jus de pomme et de la bière. Les chiens dormaient attachés aux pieds de la table, à l'ombre des nappes blanches, et les moustiques s'élevaient des prés dans la lumière du soir. Tous portaient des vêtements dans lesquels ils avaient encore un peu plus de mal que d'ordinaire à se reconnaître dans un miroir. Les costumes des jours de fête, les corsages moirés qui crépitaient désagréablement sur la peau. Les chemises boutonnées jusque sous le menton, les vestons beaucoup trop grands sortis du fond des armoires, avec des manches qui recouvraient les doigts, des complets devenus trop étroits et des pantalons trop courts. Il ne manquait pas grand-chose pour que les vêtements soient seyants. Ici c'était une chemise qui serrait aux entournures, là l'épaulette que ne remplissait rien d'autre que de l'air. Certains portaient les vêtements qu'ils mettaient aux enterrements. Le grand-père ne réapparaissait qu'à la fin du repas, quand les enfants étaient déjà en train de nourrir les moineaux avec des miettes de gâteau ou de jeter, dans leur exubérance, des morceaux entiers de forêt-noire aux oiseaux, avant de grimper, fatigués, sur les genoux des adultes. Épuisés par leurs jeux, sales, l'haleine chargée de l'odeur sucrée du gâteau, le fond de culotte plein de gravillons. Il s'asseyait alors un peu à l'écart de l'assemblée, en compagnie de ses amis, quelques octogénaires qui, le dos voûté, buvaient du cognac et du Cointreau, unis non par l'âge mais par leurs souvenirs de jeunesse. Ils étaient presque encore des enfants quand ils étaient partis à la rencontre de la guerre et de l'hiver russe sans savoir ce qui les attendait, les poches de leurs manteaux remplies de leur terre natale, chaussés de bottes trop grandes ; maintenant ils étaient assis tellement à l'écart des autres invités qu'ils paraissaient avoir échoué sur les derniers mètres de leur retour. Bien qu'ils aient des physiques très dissemblables, ils se ressemblaient. Au milieu des festivités, ils avaient l'air d'être venus d'une autre planète, accessible seulement à ceux qui avaient partagé la même expérience et qui n'était pas faite pour qu'on y vienne en visite. C'était une espèce de *Kammerspiel* cosmique : les vieillards sur leurs chaises en plastique blanc, loin du monde, inaccessibles, plongés dans leurs conversations au point de ne jamais voir tomber le crépuscule ni l'obscurité. Plus l'heure avançait, plus ils parlaient de la guerre, mais ils se taisaient dès qu'un serveur s'approchait. Dans cette famille, on s'enveloppait dans son silence comme dans un manteau qui ne réchauffait pas en hiver, et dans lequel on grelottait aussi en été. Quand il était temps de partir, on mettait dans du papier d'aluminium les restes de rôti et de gâteau que l'on emporterait à la maison et on faisait la queue pour prendre congé du grand-père et réitérer ses bons vœux. Les convives attendaient toujours en file indienne dans l'obscurité, avançant à petits pas vers le vieillard qui s'inclinait légèrement à chaque parole de félicitations tout en levant les mains comme pour se protéger d'une trop grande promiscuité, jusqu'à ce que le dernier invité fût parti.

Lorsqu'il était à la maison, le grand-père se tenait à la cuisine, assis sur le banc vert, fixant le mur ou regardant par la fenêtre, pendant que la grand-mère sommeillait dans la chambre à coucher. Lorsqu'il pensait à elle, il l'entendait respirer doucement par petites saccades, un bruit éloigné qu'il percevait quand il prenait conscience de sa présence et qu'il n'entendait pas quand il était préoccupé par autre chose. Le silence des après-midi le calmait. Il observait les jeux d'ombre et de lumière sur les portes des armoires, et quand il les regardait suffisamment longtemps, il y découvrait d'abord une image puis une autre et une troisième, jusqu'à ce que sa tête se transforme en zootrope. Sa boîte crânienne devenait un écran. Les images y enflaient et désenflaient. Certaines choses lui échappaient au moment même où il y pensait, d'autres lui apparaissaient très nettement, dans tous leurs détails, jusqu'à ce que le manège des pensées se remette à tourner et que l'image s'efface comme elle était venue.

C'étaient toujours les années de jeunesse qui s'imposaient à lui. C'était comme s'il n'avait aucun autre souvenir, comme s'il ne pouvait pas se remémorer ce qu'il y avait eu avant, ni ce qui s'était passé après. Il se retrouvait piégé au milieu d'à peine quelques années de sa vie. Assis à la cuisine, il revenait sur la guerre et la mort et sur lui-même, sur son étonnement devant le monde, sur les femmes qui enlevaient leur foulard pour le nouer sur les yeux des enfants quand elles passaient avec eux dans les rues aux maisons incendiées avec leurs morts à l'intérieur et devant les portes. Il regardait les gens se précipiter hors des maisons, brûlant comme des torches, tomber à terre, se consumer, et se voyait un briquet à la main. Il voyait un homme appuyé à la fenêtre d'une bâtisse calcinée, comme s'il regardait dehors, et ses dents blanches dans son visage charbonneux. Il regardait les gens traverser les fleuves dans leur fuite pour se retrouver sur l'autre rive avec pour tout bagage une valise remplie d'eau. Il pensait à la cruauté, à la sienne et à celle des autres. Au bleu du ciel russe. Aux rats qui faisaient tout disparaître. Aux villages dont les habitants faméliques mangeaient dans leurs maisons de la soupe à l'eau. Aux paysans, debout dans leurs champs dévastés comme s'ils sortaient eux-mêmes de terre, qui regardaient passer les soldats. Aux imprécations des villageois qui trouvaient que les céréales et les pommes de terre ne poussaient pas assez vite et qu'il voyait surveiller les cultures sans relâche, envoyer quelqu'un, de jour comme de nuit, vérifier si le blé avait poussé ou si les pommes avaient grossi. Il pensait à ceux qui se faisaient à manger dans des casques de soldat qu'ils avaient ramassés dans la forêt ou le fossé bordant la route, il voyait les orties surnager dans les casques en acier posés dans la flamme. Quand après quelque temps la grand-mère revenait à la cuisine en boitillant, le cheveu en bataille et un verre à la main, il sursautait, redressait la tête, allait au robinet pour lui servir de l'eau, tandis qu'elle le regardait comme un étranger qui s'était égaré dans la maison.

L'odeur de la terre l'accompagnait. Il repensait souvent aux mottes de terre du jardin potager de ses parents qu'il avait transportées dans les poches de son uniforme sur des milliers de kilomètres vers l'est, qu'il avait effritées de ses doigts à force de les palper. Il en restait toujours des résidus sous les ongles, ce qui tout à la fois le rassurait et l'inquiétait. D'une part, la terre natale lui paraissait douée d'un pouvoir magique qui, partant du bout des doigts, l'enveloppait d'une carapace protectrice, d'autre part, plus elle diminuait en quantité, plus il ressentait l'éloignement de son pays. C'était comme si le morceau qu'il avait, à la demande de sa mère, sorti d'entre les plants de haricots et de salades lui rappelait que, même s'il partait ailleurs, il était avant tout issu d'un endroit vers lequel il ne devait pas oublier de revenir. Plus tard, alors qu'il avait depuis longtemps perdu sa terre à lui, c'étaient les monticules de terre sur les tombes fraîchement creusées pour les soldats et pour les villageois fusillés qui avaient envahi sa mémoire. Parfois, c'est du moins ce qu'il s'imaginait, il entendait des cris provenir des tombes refermées et il voyait la nuit les morts crier, la bouche pleine de terre, il les voyait appeler, le gosier rempli de poussière, il voyait les gravillons leur tomber dans l'œsophage. Aujourd'hui encore, quand il voyait le voisin ratisser ses plates-bandes au printemps, il se détournait, rentrait dans la maison et évitait d'aller dans le jardin ; il évitait même pendant quelques jours de regarder par les fenêtres qui donnaient sur la propriété voisine.

Avoir sur soi de la terre du pays signifiait en cette période avoir l'assurance de rentrer chez soi. Bien que les jeunes gens se fussent au début moqués de la superstition de leurs mères, ils finirent au fil du temps par s'y cramponner, et chaque fois qu'un camarade leur parlait d'une nouvelle stratégie de survie, ils la mettaient elle aussi en pratique. Les plus âgés se souvenaient des chaînes de lettres de la Première Guerre mondiale, des lettres-talismans, de la bénédiction des balles, des chaînes de prières que l'on se passait de porte en porte, tandis que les plus jeunes inventaient de nouvelles formules magiques auxquelles ils voulaient croire. La peur exalte l'imagination et les femmes échafaudaient toutes sortes de stratagèmes censés protéger ceux qui partaient et calmer le désarroi de ceux qui restaient. Chaque famille célébrait le départ par un rituel obscur qui lui était propre, basé sur des histoires anciennes, la dernière guerre, ses angoisses ultimes. Les uns partaient avec des prières cousues par leur sœur dans les vêtements, d'autres avaient été forcés par leur mère ou leur grand-mère d'avaler une bénédiction placée dans un morceau de pâte que l'on avait ensuite cuit et qui devait les rendre invulnérables. Ceux qui ne partaient pas chargeaient leur sac d'images de saints, de trèfles à quatre feuilles, d'amulettes, d'un étui à cigarettes porte-bonheur, d'une vieille pipe, glissaient des sachets remplis de mélanges d'herbes dans la poche de poitrine de leur chemise tout en sachant qu'il n'existe pas de remède contre la mort. Ils étaient nombreux à crier *Va, défends notre honneur*, et un peu plus rares à murmurer *Reviens, pour notre bonheur. Tu es trop jeune*, disaient certains, sachant bien qu'il n'y avait pas d'âge pour ça. Les femmes allaient en cachette chez les voyantes pour qu'elles lisent dans les lignes de leurs mains ou dans le marc de café si leurs maris, leurs fils ou leurs frères reviendraient de la guerre, ou elles se faisaient tirer les cartes pour savoir quand la guerre prendrait fin. Tous retenaient leur souffle en agitant la main pour l'adieu sur le bord de la route. Ceux qui partaient emportaient avec eux tous les bons conseils. Au front, ils évitaient d'allumer trois cigarettes à une seule allumette, de laisser deux soldats portant le même nom combattre côte à côte, et quand ils se retrouvaient seuls, ils pensaient au conseil qu'on leur avait donné à la maison de ne jamais prêter l'oreille à la chouette qui crie dans le crépuscule *Viens avec moi, viens avec moi.*

Et même s'il neige des pierres, vous devrez y aller quand même, disait-on aux soldats, à peine arrivés sur le front. Si certains dissimulaient leur foi, le grand-père, lui, dissimulait son athéisme face au monde. Il traversait la guerre, la bouche ouverte. Le sceptique n'a rien à attendre de prétendues lois naturelles, mais comme ses camarades, il s'en tenait à la superstition du soldat, et avec davantage de ferveur encore après avoir vu mourir les premiers d'entre eux, et bientôt il repensa avec nostalgie qu'enfants, ils avaient joué à la guerre en courant autour de la maison, munis de fusils faits de branches qui se cassaient lorsqu'on les serrait trop fort, et que, à cette époque, on pouvait se passer d'avoir de la chance. Bien qu'il se tînt droit en ces années au front, les épaules en arrière et la tête haute, il avait toujours la sensation d'être penché en avant, comme si une silhouette plus petite que lui cherchait un abri dans son corps, une silhouette qui se recroquevillait sans jamais lever les yeux. Il ne comprenait pas ceux qui espéraient devenir des héros, immortels, car jamais il n'avait trouvé aussi peu de courage en lui en vue de l'éternité qu'en ces années-là, rien qu'une peur immense et effroyable devant l'infini.

Moitié enfant, moitié adulte, il pensait la nuit à sa mère et à ce qu'elle dirait si elle savait ce qu'il avait fait avec les gens, sans réfléchir et avec le même hochement de tête que ses camarades, comme si d'autres portaient la responsabilité de leurs actes. Et il se rendit compte que cela faisait longtemps qu'il n'avait plus pris lui-même de décision, et il avait honte que cela ne le dérangeât pas plus. Il n'y avait personne à qui l'on aurait pu avouer ses fautes, comme quand on était enfant, l'haleine aigre et des fleurs des champs à la boutonnière, personne pour vous absoudre, ni d'être un meurtrier ni d'être un homme. Confession et absolution, prière et auto-accusation ne fonctionnaient pas pendant la guerre, et, honteux, il pensait à sa mère qui, quand il avait fait une bêtise, lui murmurait à l'oreille : Mon enfant, mon terrible enfant.

Que lui était-il resté de cette époque-là ? Une culpabilité, un détachement, une crainte et une sensation de froid quelle que soit la température extérieure. Sa chair semblait avoir gardé le souvenir des années hivernales, même si lui les avait oubliées. Il avait toujours froid. Le moindre coup de vent le faisait frissonner. Il souffrait de douleurs articulaires qui augmentaient la nuit venue. Il portait déjà une écharpe et un bonnet quand les gens dans les rues étaient encore vêtus de pantalons d'été. Il obéissait aux lois d'une saison intérieure, et il n'y en avait qu'une. Le seul endroit où il n'eût pas froid, c'était dans la baignoire, et ainsi, l'après-midi, il était souvent assis dans l'eau chaude à boire du thé brûlant, de sorte que la vapeur qui montait de la tasse et de la baignoire embuait les miroirs jusqu'à ce qu'ils deviennent aveugles. Mais déjà quand il s'habillait, adossé au radiateur, la peau rougie par le bain, il avait l'impression d'avoir froid à nouveau. Parfois il lui semblait qu'un vent glacial soufflait à travers son corps, comme s'il neigeait à l'intérieur de lui-même, comme si ses organes se couvraient de glace. Les mauvais jours, les chaussures qu'il portait lui paraissaient trop petites, le cuir exerçait une pression non seulement sur le dessus de son pied et sur l'os du talon, mais aussi sur les deux orteils qui lui manquaient. Il se souvenait qu'ils étaient d'abord devenus gris et mous, avec des douleurs pareilles à des piqûres d'aiguille, pour ensuite devenir insensibles et si durs que l'on aurait pu les casser.

Il pensait alors que l'hiver allait le dépecer, détacher les doigts de ses mains et les orteils de ses pieds, les lui prendre comme les feuilles d'un arbre, lui dévorer progressivement les bras et les jambes jusqu'à ce qu'il ne reste plus rien de lui. Le fait que ce froid ait laissé intacte une si grande partie de lui-même, et qu'il soit encore là, le surprenait encore aujourd'hui. On racontait qu'avant de mourir de froid on sentait une grande chaleur s'emparer du corps en hypothermie. Certains, disait-on, avaient dans les dernières minutes la sensation qu'un feu brûlait dans leurs entrailles, au point d'arracher leurs vêtements et de partir en courant, pris de panique, le corps en sueur, bras écartés, pour aller se jeter dans la neige. Ce n'est que quelques années plus tôt qu'il avait lu par hasard dans le journal un article sur le phénomène du « déshabillage paradoxal », quand les vaisseaux sanguins se resserrent au niveau des extrémités, quand le corps abandonne les mains et les pieds pour permettre au cœur de continuer de battre, quand le sang est appelé au centre du corps pour protéger les organes et qu'ensuite il revient subitement dans les membres gelés, créant l'illusion d'avoir les extrémités en feu et poussant à ouvrir grand les bras pour accueillir le froid. Il n'arrivait pas à décider s'il devait considérer cette réaction du corps comme un jeu consolateur ou cruel, et il plia soigneusement l'article pour le ranger dans le tiroir de son bureau. Bien qu'ayant toujours froid, il ne s'enrhumait jamais. Et il lui arrivait de se demander pourquoi sa culpabilité ne se vengeait pas enfin et pourquoi il ne tombait jamais, jamais malade.

Il y avait encore une chose dont il ne s'était pas départi : son sens de l'ordre et son aversion pour ce dernier. Autant il aimait la rigueur et l'organisation dans sa propre maison, autant il en avait horreur lorsqu'elles étaient dictées par autrui. Il aimait la répétition, la régularité, la nécessité avec laquelle certaines tâches devaient être accomplies encore et encore, et il prenait leur déroulement avec tant de sérieux qu'il avait la ponctualité d'une horloge. Il se levait aux aurores, dès qu'il faisait jour il allait se promener avec les chiens, à onze heures il se mettait à préparer le déjeuner, à partir de quatorze heures il faisait la sieste, et à quinze heures trente il se réveillait. Il parcourait la journée comme l'aiguille parcourt le cadran d'une montre, sans écarts, sans surprises. À la maison il était extrêmement méticuleux, rangeait les choses à leur place, comme si sa vie en dépendait, s'en tenait aux règles qu'il avait lui-même édictées, mais avait du mal à se conformer à celles qui étaient valables pour tous à l'extérieur. Faire la queue à la caisse d'un magasin lui était déjà pénible, et souvent il posait le panier de courses par terre à côté d'un rayonnage et quittait le magasin sans se retourner en passant devant les clients qui attendaient, rentrant à la maison les mains vides, si bien que la grand-mère devait l'y envoyer encore une fois ou cuisiner les restes de la veille.

Ceux qui n'étaient pas capables de s'astreindre à une certaine discipline au camp étaient perdus. Les seules formes que connaissait la steppe kazakhe étaient celles du vide et de l'espace, quant aux autres, il fallait se les imaginer. Un horizon que rien ne structurait et qu'il était presque impossible de supporter. De l'armoise et de la soude couchées par le vent. Du sable jaune et gris. C'était une solitude infinie dans un paysage infini. Les arbres lui manquaient. À perte de vue il n'y en avait pas un seul. Eux seuls formaient, matin et soir, une sorte de forêt humaine sur la place d'appel, droits et silencieux, et certains d'entre eux tombaient dans la tempête, tandis que d'autres tombaient sous les coups des gardes. Les Russes étaient aussi cruels avec eux qu'eux l'avaient été avec les Russes, mais pas toujours. Seul le hasard était une protection à cette époque-là, et l'on n'était jamais sûr de l'avoir mérité. Un jour, quelqu'un lui avait glissé une pomme de terre alors que leurs troupes traversaient les villages, et les années passant, il ne se souvenait d'aucun visage à l'exception de celui-là, qu'il n'oublia jamais. Il ne croyait pas à la justice et à l'injustice, mais bien vite il ne crut plus qu'à la réalité qui était devenue la sienne, et cela même lui paraissait parfois difficile. Il fallait faire preuve d'une folie patiente surtout vis-à-vis de soi-même, mais pas avec les autres, pour lutter contre l'apathie et survivre. On était vide, fatigué, désemparé, et si l'on avait trouvé la force de réfléchir à soi-même, on ne se supportait plus. On avait du pain, durci par le froid, et du thé sans sucre, et on avait beau se laver les mains, les fissures et les sillons, les lignes du destin et de la vie étaient toujours noires de charbon. Le matin, on voyait un homme franchir le seuil de la porte, et le soir il était couché dans un fossé. Tout semblait toujours vain. Aux morts, on aurait aimé dire : Apprends-moi à être mort, ou apprends-moi à vivre. Aux vivants on ne disait rien. On reconnaissait ceux qui abandonnaient tout espoir quand ils cessaient de se laver, n'écrasaient plus les punaises et n'attendaient plus les lettres venant du pays natal. Ils se laissaient aller, ils allaient vers la mort, trébuchaient encore quelques jours, quelques semaines, à travers les galeries des mines de charbon et les baraquements, les yeux vides, avant de disparaître sans que personne s'en étonne ou même s'en attriste. Il apprenait vite : tout objet, tout individu était un objet ou un individu qu'on n'avait pas encore perdu, mais un que l'on pouvait perdre, que l'on ne pouvait pas protéger.

Le camp était un monde hermétique, mais poreux aux rumeurs, sans que personne puisse vraiment dire qui les avait lancées, elles enflaient et retombaient comme le vent. On se racontait les histoires les plus abracadabrantes, beaucoup étaient de pures inventions, mais les choses qui semblaient les plus inimaginables étaient vraies. Il entendait parler de cannibalisme et de festins parmi les ruines, de fausses victoires et de vraies défaites, de mythes héroïques et d'atrocités dans lesquels les ennemis de guerre se surpassaient mutuellement, mais c'est seulement aux belles histoires qu'il n'avait pas le cœur de croire. Les récits sur la faim et le froid le fascinaient plus que tout, et lui et les autres les écoutaient avec la satisfaction de ceux pour qui la privation est déjà devenue une habitude, sans compassion, mais avec une lueur de folie dans les yeux. On se racontait qu'en certains endroits la famine était si grande que les gens mangeaient leurs chiens et leurs chats, remplissaient leurs casseroles de gants de cuir pour en faire de la soupe et qu'ils attendaient des jours durant devant des trous de souris jusqu'à ce qu'en sorte une bête amaigrie sur laquelle ils se précipitaient. Le froid plus au nord et à l'ouest était tel, disait-on, que les gens vivaient dans des appartements non chauffés avec leurs morts, car il était trop dangereux de sortir de chez soi. Et aussitôt ils serraient leur veste sur leur poitrine en pensant à ces hommes, ces femmes et ces enfants glacés par le froid qui vivaient non seulement avec l'hiver mais aussi avec la mort sous le même toit.

La plupart des rumeurs concernaient Stalingrad. Tout le monde connaissait le nom, mais rares étaient ceux du camp à y avoir été. Alors qu'ils travaillaient dans la mine de charbon, l'un d'entre eux lui raconta les mois d'occupation dans la ville, quand il avait suffisamment de souffle pour le faire. Comme pour Napoléon, l'hiver était arrivé, une saison d'un froid qui prit de court les hommes qui se précipitaient les uns vers les autres. Ceux dont les pieds avaient gelé se traînaient sur les genoux depuis les steppes vers la ville. Des hommes n'ayant que la peau sur les os et souffrant de malnutrition se tenaient, délirants, devant les fenêtres, regardant tomber du ciel d'hiver les boîtes de conserve larguées des soutes des avions de chasse bimoteurs, quelques grammes de viande pour chacune de ces silhouettes décharnées. Les blessés s'accrochaient aux trains d'atterrissage des avions qui décollaient, et finissant par s'épuiser, loin au-dessus des chars, des toits, des cheminées, ils tombaient eux aussi du ciel. La plupart d'entre eux n'étaient pas victimes d'une balle, mais de la famine à Stalingrad, murmura son camarade, ils mouraient pour l'idée exsangue de la grande Patrie le cœur racorni, car les privations dévoraient la graisse de leur corps et leurs organes. Ils défendaient des ruines, ils protégeaient un enfer, et dans les dernières semaines de l'occupation, les soldats russes sillonnaient les rues avec des gramophones. Pour briser l'ennemi caché dans les ruines, ils passaient nuit et jour des tangos et le tic-tac d'une montre. Une voix répétait la phrase que son camarade voulut imiter malgré sa toux : *Alle sieben Sekunden stirbt ein deutscher Soldat. Stalingrad – Massengrab*[1]. À la fin de son récit, l'homme rit à plusieurs reprises quand il raconta que, le 24 décembre, de petits sapins de Noël artificiels, décorés de fils d'argent, d'étoiles et de clochettes, étaient soudain tombés du ciel sur les maisons détruites, un ordre venu d'en haut pour remonter le moral des troupes enfermées dans la ville. C'est là qu'il avait compris que tout était perdu. Et le grand-père se demanda combien de temps avait bien pu s'écouler depuis qu'il s'était dit la même chose, et cela même sans sapin.

La captivité lui avait fait perdre la notion du temps. Tandis que la guerre avait cessé pour le monde extérieur, elle continuait pour lui, année après année. Les autres étaient morts ou rentrés au pays. Il resta dans une guerre qui n'existait plus, devenant le gage de sa réalité, prouvant aux vainqueurs qu'ils étaient victorieux, et aux perdants, rien. Il s'inventa un dieu, auquel il n'avait pas cru avant, puis le rejeta quand celui-ci ne vint pas le sauver, sans le faire mourir non plus, et que la culpabilité qu'il portait en lui ne devenait pas plus légère. Il pria et pria, voulut prier pour guérir, prier pour se libérer de ce lieu et de soi-même, il avait

1. Citation historique : « Toutes les sept secondes un soldat allemand meurt : Stalingrad est ton heure. » Ou, littéralement : « Toutes les sept secondes un soldat allemand meurt : Stalingrad – un charnier. » *(N.d.T.)*

besoin de ce courage artificiel qu'une puissance supérieure offrait dans la douleur. Dans son désespoir il reprit sa voix d'enfant qu'il avait perdue il n'y avait pas si longtemps, mais cela ne lui servit à rien. Un homme mauvais n'a pas le droit d'avoir un dieu, se dit-il alors, et il pensa à ceux qu'il avait tués de ses propres mains, à toutes ces morts inutiles et au fait qu'il avait à peine hésité, peu importe ce qu'on lui demandait de faire. La guerre n'était pas le bon endroit pour être humain et rester humain. Et pas un endroit pour un dieu. À la maison, on racontait que ceux qui restaient après une bataille faisaient appel au diable dans leur désespoir, mais il savait que lui non plus ne venait jamais.

Il ne s'habitua jamais au climat, au sable brûlant, à l'air raréfié et sec, aux brumes de chaleur en été, puis aux sols durcis, à la morsure du gel, à la nuit six mois de l'année. Le vent qui balayait la steppe était si glacial que l'on pouvait, en hiver, mourir de froid même sur un court trajet, et si puissant qu'il fallait marcher en se donnant le bras à deux ou à trois pour que personne ne soit emporté. On était perpétuellement livré à la nature, aux autres et au temps qui vous faisait savoir, implacablement, que ce n'était pas lui qui passait, mais l'homme.

Il s'observait lui-même et observait les autres, et il n'était jamais surpris quand quelqu'un venait à manquer. Quelques rares individus qui étaient trop malades pour travailler avaient été renvoyés chez eux. À l'annonce d'un transport, il n'était pas rare que l'un d'entre eux avalât du sel, qu'il avait échangé avec les Russes contre le peu de pain qu'il possédait, pour tomber malade, juste assez malade pour pouvoir être renvoyé chez lui. Parmi les mangeurs de sel, nombreux étaient ceux qui n'accédaient pas à la liberté, mais finissaient dans une tombe : les quantités de grains blancs qu'ils avalaient étaient toxiques, ils se déshydrataient, se consumaient et ne s'en remettaient plus. Il y avait un cimetière avec des centaines de tombes dans la steppe, et quand c'était l'hiver, les morts devaient attendre longtemps avant que la terre ne dégèle et le sol ne devienne suffisamment meuble pour pouvoir y disparaître.

La première année, la faim les faisait encore fantasmer sur la nourriture; ils étaient assis ensemble et s'imaginaient un repas de fête, un mirage fait de lard et de gâteau, de rôti du dimanche et de soupe aux lamelles de crêpe, de saucisses cuites et de cornichons marinés, de strudel moelleux à la crème, de crêpes au sucre, de brioches encore toutes chaudes. L'un d'eux rêvait de croquer dans une pomme, un autre du morceau de sucre caché par sa mère à l'intérieur d'un knödel à l'abricot. Ils feuilletaient mentalement des livres de cuisine de la première à la dernière page, festin invisible pour des individus affamés, enfermés dans des baraquements et qui auraient pu servir d'objets d'étude pour décrire l'anatomie et le squelette humains. On se récitait mutuellement des recettes comme des poèmes, jusqu'à ce que l'un d'entre eux ne le supporte plus. Les rations du camp étaient calculées en grammes. Tout un chacun était un juge dur, injuste, lorsqu'il s'agissait du pain, et celui qui volait ne serait-ce qu'une miette était puni sans pitié et avec une cruauté dont on ne pouvait soi-même se préserver. On ne faisait confiance à personne. On ne sauvait personne. Même à l'hôpital militaire, il était rare de pouvoir être aidé, mais avec un peu de chance, le médecin savait de quoi l'on mourait. Parfois il pensait à une blague qui circulait dans l'avant-dernière année de la guerre avant qu'il ne fût fait prisonnier. *Quelle est la différence entre le Christ et Hitler? Avec le Christ, y en a qu'un qui est mort pour tous.*

Cette blague aussi faisait partie des choses qui lui étaient restées, et lors des rencontres entre anciens bacheliers, on se la racontait encore et encore. Cela faisait longtemps qu'il n'était plus nécessaire de réserver une salle pour leur réunion; à présent ils étaient assis à quatre autour d'une table d'angle, triant d'abord les avis de décès qu'ils avaient découpés dans le journal tout en buvant juste assez de vin pour se sentir légers. Ceux qui étaient restés et qui étaient assis autour de cette table avaient tous été soldats, les uns brièvement, les autres pendant plusieurs années, mais leur formule magique à tous était : *Tu te souviens ?* Personne n'avait oublié, tous se souvenaient. Parfois en silence et au-dedans de soi, parfois en parlant fort tous en même temps, jamais totalement libres de nostalgie et de sentimentalisme. Et ils s'étonnaient toujours d'être revenus de la guerre, comme s'ils ne pouvaient pas croire, des décennies après qu'elle était terminée, être encore en vie.

Lorsqu'il revint, il était déjà un étranger, pas seulement pour ceux qui étaient restés au pays, mais aussi pour lui-même. Si son retour fut un soulagement immense auquel personne ne s'attendait plus, ni ses proches ni lui-même, ce fut aussi un choc. Tout était nouveau. La ville avait changé, certains immeubles avaient disparu, les gens portaient des vêtements coupés différemment, des chapeaux différents. Des épilobes, appelés *Trümmerlieschen*, poussaient sur les ruines. Ses parents le reconnurent à peine lorsqu'ils le virent arriver avec son corps émacié et dur, un regard devenu aveugle aux belles choses – un geste tendre, un ciel bleu –, et il entendit son père lui dire, des larmes dans la voix, qu'il pourrait s'estimer heureux s'il atteignait l'âge qu'il semblait avoir maintenant. Il était là, sur le quai de la gare parmi d'autres soldats rapatriés des années plus tard, quelques hommes déclarés morts et qui n'en savaient rien, des fantômes parmi les vivants, et il ne comprenait plus ce monde, la paix et le nouvel État, auquel les autres s'étaient déjà habitués. Il était le vestige d'une époque dont on ne voulait plus se souvenir dès l'instant où l'on en eut sonné le glas. Et tandis qu'il se tenait dans la rue, confus, devant les premiers monuments commémoratifs, on s'entraînait déjà, dans les foyers, à oublier.

3

La grand-mère était une personne d'allure raffinée avec des cheveux gris coupés au carré et un col montant, une grande femme, fumeuse invétérée, qui ne fumait jamais que des cigarettes extra-longues, si élégantes entre les doigts, et dont elle laissait la seconde moitié se consumer, parce qu'on la disait deux fois plus nocive. Malade depuis longtemps, elle n'était pratiquement plus sortie de la maison depuis de nombreuses années, on avait l'impression que sa vie n'allait pas au-delà de la grille du jardin, que son champ d'action s'arrêtait à la clôture, au sombre alignement de haies, aux bords forgés de la haute porte d'entrée. Elle s'était en quelque sorte assignée elle-même à résidence. C'était un lieu qui atténuait le sentiment de solitude. Il ne recelait rien d'inconnu, chaque millimètre, chaque objet lui était familier, seul son mari lui paraissait parfois étranger lorsqu'elle laissait son regard vagabonder. La nuit, elle allait à la salle de bains sans ouvrir les yeux, sans allumer, à pas comptés, puis avec de plus en plus d'assurance au fil des ans, tant elle se sentait sûre dans son univers. Ses pieds en avaient intégré l'architecture. Tous les seuils, toutes les distances. Pas à pas, ellc aurait pu reconstituer à l'aveuglette le plan de la maison, en tracer les lignes de ses pieds nus, en mesurer les angles de ses empreintes. Et même si elle n'avait pas quitté les lieux depuis une éternité, il y avait toujours à côté de la porte de sa chambre à coucher une valise avec tout le nécessaire, afin de pouvoir partir sans perdre de temps et sans se retourner.

Ses doigts étaient chargés de bagues en or qu'elle portait comme des anneaux de croissance, dont le nombre diminuait avec les années au lieu d'augmenter, parce qu'elle s'en séparait une à une pour les offrir aux jeunes. Elle était sensible à toute forme de douleur, et quand elle lisait les notices des médicaments qu'elle prenait, elle souffrait aussitôt de tous les effets secondaires évoqués, des plus vraisemblables aux plus improbables. Elle n'était que chair dépérie, ossature meurtrie, pénétrée d'histoires sur les dieux, d'histoires sur les hommes, et d'une inflexible fierté. Elle attachait une grande importance à l'étiquette, était sévère envers elle-même et envers les autres. Certains jours, lorsque son esprit s'égarait, elle confondait les cris des oiseaux avec la sonnerie du téléphone, décrochait plusieurs fois, prêtait l'oreille, s'égarait dans les bruits de la ligne pour remarquer des minutes plus tard que personne ne répondait. Elle gardait pour elle ces incidents. Elle savait qu'elle mourrait de honte si quelqu'un la surprenait ne serait-ce qu'une fois à soliloquer, à ne plus maîtriser de vieilles habitudes, à ne plus comprendre la fonction des objets. Elle trouvait humiliant que l'on puisse perdre le contrôle des choses. Et elle craignait de devenir comme tous ces vieux, assis seuls à table, qui se racontaient à eux-mêmes l'histoire de leur vie, mélancoliques perroquets qui ressassaient leurs souvenirs en hochant la tête, comme d'ultimes formules dérivées d'un lointain passé.

Le grand-père sortait tous les jours, les visites étaient rares. Lorsqu'elle était seule, elle recherchait la compagnie des choses. Elle contemplait la chambre comme si elle regardait par la fenêtre, trouvait un vis-à-vis dans les photos du journal, restait allongée, le visage appuyé contre les visages des cartes de jeu qu'elle avait étalées sur la courtepointe en faisant des patiences jusqu'à tomber de fatigue. Elle sombrait dans la douleur de son corps. Elle dormait, les comprimés collés sous la langue. Elle buvait du thé froid. Elle portait les dés à coudre comme des couronnes au bout de ses doigts aux longs ongles, lorsqu'elle reprisait les petits trous dans les chaussettes grises du grand-père. Avec des bouteilles remplies de sirop, elle capturait les fourmis qui avaient réussi à entrer par des voies impénétrables dans la maison fermée, et réfléchissait à leur mort sucrée. Elle faisait glisser sans ferveur le chapelet entre ses doigts. Elle vaporisait dans l'air le parfum d'une petite fiole, réfléchissait au passé et se remémorait des épisodes, toujours plus nombreux au fil du temps, qui la faisaient encore souffrir aujourd'hui, souvent davantage même qu'autrefois, car le temps agit comme une loupe, grossissant la douleur, la rendant plus ardente. Elle voyait des fantômes aux visages inconnus ou familiers aller et venir, les voyait entrer en longues files par la porte close, rapetisser en gravissant des escaliers invisibles jusqu'à n'être plus que des points qui disparaissaient dans la douille des lampes sous le plafond. Elle lisait si longtemps qu'elle ne pouvait plus s'arrêter, même après avoir terminé son roman. Les mots l'enchantaient tellement qu'elle lisait même la liste des composants d'un nettoyant ménager posé par hasard sur l'appui de la fenêtre, le dos des livres sur les étagères, les instructions de préparation sur les sachets de thé, comme si ses yeux ne pouvaient cesser de déchiffrer le monde quand ils étaient ouverts. Elle caressait le crâne chaud des chiens qui se tenaient à côté du lit. Elle fixait la Vierge en bois accrochée dans un coin de la chambre, d'un regard tour à tour sévère et implorant. Elle disait des prières qu'elle avait inventées. Elle se levait péniblement, marchait maladroitement dans la chambre sur ses jambes maigres. Elle fumait devant le miroir, tirait les allumettes de sous ses draps, frottait leur tête bleue sur le grattoir, contemplait leur chevelure de flammes entre ses doigts, les regardait se consumer, les comparait à la vie, embrasées, ardentes, vite éteintes.

Toutes ses journées étaient longues, elle était douée d'une patience toute catholique, délétère, et bien que sa croyance en Dieu dépassât tout le reste, elle ne faisait pas partie de ces gens qui avaient hâte de monter au ciel. L'au-delà ne l'intéressait pas, et lorsque dans certaines conversations il était question de sa mort, elle disait qu'elle était bien trop occupée pour mourir, même si ce n'était pas vrai. Sa foi entière et inébranlable venait de la guerre, car elle pensait qu'il était impossible à quiconque avait eu la vie sauve de ne pas croire, mais elle ne le proclamait pas haut et fort, sachant bien que beaucoup d'autres n'avaient pas eu cette chance. Petite fille, comme tous les enfants, elle avait été indifférente à la religion, cette attente d'une réponse improbable, car à quoi bon avoir un dieu quand le monde vous appartenait. La soumission à l'Invisible lui semblait inutile. Elle était déçue de voir sa propre mère, cette femme si intelligente, si forte, prier avec ferveur, le dos voûté et la tête baissée, alors qu'elle donnait avec ses doigts de petits coups dans le dos de ses enfants pour qu'ils se tiennent droits sur leurs chaises, car, disait-elle, l'estime de soi commence par le maintien. Ce n'est qu'au moment où les prières devinrent incontournables qu'elle s'y joignit avec réticence en se demandant si un dieu invoqué par nécessité avait le même pouvoir qu'un dieu à qui on n'avait rien à demander. C'est pendant les années de guerre, qu'elle passa à la maison avec ses parents et sa sœur, qu'elle prit l'habitude de cette muette supplique, qui était la seule chose que l'on pût faire pour ceux qui étaient au loin, quand la nuit tombait et que l'on ne trouvait pas le sommeil. Il n'y avait pas de vie préservée en ces années-là, mais un goût amer dans la gorge, une existence discrète, des rires étouffés, des regards tournés d'abord vers la fenêtre, puis vers le ciel. On s'efforçait de camoufler l'absence des frères par l'absence plus supportable du bon Dieu. Quand ils finirent par tous revenir, elle garda la foi. Et lorsque, plus tard, ses enfants vinrent au monde, elle aurait aimé leur donner des noms d'archanges et de personnages bibliques, mais le grand-père s'y opposa d'un simple non de la tête, et c'est ainsi qu'ils n'eurent de religieux que leur deuxième prénom.

Elle recueillait tous les dieux que les hommes avaient perdus durant la guerre, dont ils s'étaient détournés dans un moment de grand effroi, et à chaque histoire qu'elle entendait et qui se terminait mal, elle ressentait le besoin de croire encore plus fort, à leur place et pour elle-même. La grand-mère croyait en Dieu, mais elle ne le craignait pas. Inutile de lui parler de l'enfer, elle savait bien que les choses les plus atroces se passaient dans ce monde-ci. Plus elle vieillissait, plus elle admirait avec une coquetterie nouvelle les statues de la Vierge. Elle voyait dans le visage de la Madone une vulnérabilité et une beauté qui s'ignore et qui lui plaisait, parce qu'elle ne la découvrait pas dans ses propres traits. Elle-même se trouvait trop grande pour être belle, et pas assez petite pour qu'un homme veuille l'aimer et la protéger. Mais elle faisait attention à elle, comme on fait attention à son argent ou à sa famille, elle prenait soin d'elle et se mettait du rouge à lèvres même quand les temps étaient durs, et quand elle avait tout utilisé sans plus pouvoir s'en procurer, elle enduisait ses lèvres gercées de graisse et de jus de betterave rouge avant de quitter la maison. Au moment de sortir dans la rue, elle jetait un dernier regard au miroir et à une statuette en bois de la Vierge, et le signe de croix qu'elle faisait sur le pas de la porte était devenu une habitude qu'elle n'abandonna plus jamais. Elle ne comprit que trop tard la différence entre : il se passe quelque chose, et : il arrive quelque chose à quelqu'un. Tout juste sortie de l'enfance, elle se sentait déjà vieille et coupable, sans savoir de quoi ; elle percevait confusément qu'il était impossible de rester simple témoin quand on se considérait comme partie intégrante et évidente du monde.

Au travail elle était très sûre d'elle malgré sa jeunesse, une secrétaire que l'on craignait plus que le directeur, en tailleur boutonné jusqu'au cou, serré comme un corset, à tel point que l'on se demandait comment elle parvenait à respirer dans ce costume strict. Une assistante dont les talons claquaient sur le sol comme si elle marchait au pas, pieds joints, au rythme de la machine à écrire, un pas pour chaque syllabe. Quand on la voyait rire, on ne pensait plus à rien d'autre de la journée. Quand on la surprenait à sourire, on se sentait admis dans le cercle des initiés. Cela n'arrivait pas souvent, elle tenait les gens à distance, sans le savoir et sans le vouloir. Dans l'abri antiaérien, elle restait assise, le regard fixe dirigé vers le haut, les épaules redressées, le rosaire de sa mère entre les doigts. Ils attendaient tous que le destin jette les dés. Il régnait une odeur de parfum fade et douceâtre mêlée de sueur. Un jour, une de ses collègues avait eu tellement peur qu'elle avait saisi son bras et commencé à prier, les yeux écarquillés, comme si ce membre étranger était un objet de culte auquel on pouvait se raccrocher dans son malheur.

Toujours dans l'attente d'une catastrophe, elle était reconnaissante pour chaque instant exempt de nouveau malheur. L'ancien cependant ne la quittait pas, il avait laissé en elle une petite souffrance gênée qui l'accompagnait tous les jours, une tristesse tranquille qu'elle finit par prendre pour de l'habitude. Sans cesse, on souhaitait retrouver ses morts, en soi-même, en quelqu'un d'autre, dans les rêves, on les cherchait comme si on poursuivait une mission, on attendait de les voir descendre la rue, on vérifiait qu'ils ne se dissimulaient pas dans un visage. Le monde était un tableau grouillant de détails, dans lequel elle tentait de découvrir son frère mort ; mais quand elle le voyait ensuite à la maison, sur la photo sous le bandeau de crêpe noir, son cœur s'arrêtait de battre un quart de seconde, et elle se demandait s'il serait possible, un jour, à la fin des temps, de déchiffrer le mystère de sa propre vie en suivant les irrégularités du cœur, les arythmies de ce métronome biologique. Durant ces années, il ne lui arriva rien qu'elle eût osé qualifier de terrible, tant d'autres se trouvaient dans des situations bien pires, tant d'autres pleuraient bien davantage de morts. Elle ignorait les meurtrissures et se riait des privations et par là même de toute sa vie. Elle s'évitait elle-même, mais dans les moments de calme, elle se trouvait sans cœur, parce que la volonté de survivre était plus forte que le chagrin causé par la mort du frère.

Comme beaucoup d'autres femmes, elle rencontra son mari au bal, quelques années après la guerre. On ne pouvait pas dire qu'il s'agissait d'un heureux hasard. Le grand-père était un danseur déplorable, gauche mais plein de fougue comme un cheval dopé à l'arsenic, compensant par son ardeur son manque d'assurance. Il en était conscient, mais il n'arrivait pas à se retenir, la musique s'emparait de lui et ses muscles se tendaient comme d'eux-mêmes, exécutant des pas d'une grande maladresse. Lorsqu'il l'invita à danser, elle lui proposa de s'asseoir plutôt à une table. Elle aimait son visage méfiant et son regard enflammé qui oscillait entre le gris et le brun, la fermeté désespérée avec laquelle il essayait de se dérober à la musique tout en se balançant sur sa chaise comme un pendule. L'un et l'autre avaient une chose en commun : la lassitude d'être seuls, et c'est ainsi qu'ils se marièrent quelques mois plus tard sans attendre qu'advienne le grand amour, deux étrangers farouches que rapprochait la ferme volonté d'aller de l'avant et de ne pas regarder en arrière.

Quand pour la première fois ils se virent dévêtus, elle examina ses aisselles et ses bras comme des amies le lui avaient conseillé. Il était simplement nu, elle ne découvrit ni tatouage ni cicatrice de balle ou de couteau, mais elle savait bien qu'il n'existait pas de marques extérieures de culpabilité, aucun signe qui d'un seul coup d'œil révèle toute une biographie. Elle était une femme pragmatique, elle recueillit également le dieu qu'il avait perdu, lui accorda une place dans son cœur à côté de tous les autres, et, sans vouloir prétendre que tout allait bien, elle était intimement persuadée que, pour eux deux, tout allait pour le mieux. Quand quelqu'un lui demandait aujourd'hui pourquoi le grand-père était ce qu'il était, elle répondait simplement : C'est à cause de la guerre. Elle n'avait pas d'autre explication. La guerre avait partagé sa vie en un avant et un après. Elle connaissait le soldat rentrant au pays, le prisonnier de guerre, le rescapé, et elle apprit bien plus tard, au cours d'aveux avinés, à connaître le meurtrier. Elle n'avait par contre jamais rencontré l'homme indemne et innocent qu'il était avant. Elle s'était forgé elle-même l'image de celui qu'il avait pu être à l'origine, grâce à ses souvenirs qu'il ne partageait que rarement, aux photographies de sa jeunesse et aux histoires de certains de ses anciens amis et parents, et souvent elle avait du mal à croire un cousin qui évoquait la gaieté de leurs jeux de petits garçons et racontait que le grand-père aimait tellement chanter dans son enfance qu'on l'appelait *petit oiseau.*

4

Même quand Alma avait annoncé sa venue, le portail restait verrouillé. Toutes les fenêtres étaient closes, les volets étaient à moitié baissés, le terrain de la petite maison soigneusement fermé sur lui-même. Les haies étaient impénétrables, pas un trou, pas un endroit un peu plus dépouillé qui aurait permis de regarder à travers. Et même en hiver ces plantes à feuillage persistant barraient la vue, formes carrées dans la neige, plantées suivant une géométrie inébranlable à côté d'arbres décharnés. Seul un vinaigrier à la silhouette nerveuse s'élevait dans le jardin, lumineux et fragile, avec des feuilles si rouges en automne que l'on pouvait penser qu'il brûlait si l'on n'y regardait pas à deux fois. Bien que la rue longeât la propriété, cette dernière était tellement hermétique qu'elle ne paraissait pas s'inscrire dans le monde plus vaste qui l'entourait. Peu importait la vitesse à laquelle celui-ci tournait, cela ne semblait avoir aucune influence sur la maison au numéro 28. Elle était toujours silencieuse, muséale et comme conservée dans du formol. Alma se sentait donc toujours un peu comme une intruse quand elle sonnait à la porte du jardin.

Les rares visites à la grand-mère – lorsqu'on se tenait, maussade, devant les parents, pressé contre leur jambes, qu'on recevait des cadeaux dont on ne voulait pas mais pour lesquels on était tenu de rappeler pour dire gentiment merci – devenaient encore plus rares avec les années, jusqu'à cesser complètement, et Alma avait atteint l'âge adulte lorsqu'elles reprirent leur relation depuis le début. Les deux femmes recommencèrent depuis le début, durent s'habituer l'une à l'autre, essayant de faire connaissance comme si elles ne s'étaient jamais rencontrées auparavant, et d'oublier que cela avait en réalité déjà été le cas de nombreuses fois. Avec un courage nouveau, avec d'autres craintes. Les deux femmes s'approchaient l'une de l'autre, les mains tremblantes, avec une détermination qui supportait aussi le silence gênant qui s'installe quand on ne sait pas encore ce qu'on doit dire et ne pas dire. Au début, Alma ne savait pas trop où elles en étaient, bien que la vieille dame semblât se réjouir de ses visites. Mais longtemps elle ne sut dire s'il s'agissait de la joie de voir quelqu'un que l'on appréciait, ou de celle que l'on ressent face à quelqu'un qui vous permet d'échapper à la solitude.

Alma n'avait le sentiment d'être vraiment arrivée là qu'à partir du moment où, ayant ôté ses chaussures, elle se trouvait pieds nus face à elle. Chaque fois qu'elle voyait la vieille dame, Alma avait l'impression de pénétrer par une porte dérobée dans un autre monde, dans l'univers d'une arrière-chambre du temps. Les grands-parents vivaient tous deux bien plus dans le passé que dans le présent. C'était une maison comme un bocal qui avait gardé intactes jusqu'aux années les plus reculées. Réservoir d'une douleur ancienne. Alma venait puis repartait, et entre-temps, elle écoutait. Le grand-père se taisait et la grand-mère parlait du passé. Ses yeux enflammés brillaient à chacun de ses récits, et Alma avait la sensation que cet éclat ne reflétait pas seulement la joie de raconter, mais qu'il provenait de lumières qui brillaient dans sa tête jour et nuit en souvenir des morts. Les disparus continuaient d'être présents dans cette maison, répondant à l'appel des souvenirs, cour fantomatique à laquelle on n'échappait pas.

Tandis que le grand-père se cachait dans la cuisine lors de ses visites, elles étaient assises dans le salon. La pièce était toujours plongée dans la pénombre, et le soir, on attendait qu'il fasse nuit noire avant d'allumer. Les meubles étaient anciens, usés ou fatigués. Les tapis étaient râpés aux endroits où l'on passait le plus souvent, les abat-jour en vessie de porc fissurés et poreux.

Le velours élimé brillait sur les accoudoirs de couleur fauve et les années avaient arrondi les coins des commodes. Les photos dans les vitrines avaient pâli au soleil. Sur l'une d'elles, une femme avec une serviette rouge nouée autour de la tête prenait son petit déjeuner assise, sous un figuier et sur une autre, elle était allongée dans un pré, les lèvres entrouvertes, des fleurs de pavot sur les paupières. De ce voyage, ses premières vacances dans le Sud, la grand-mère disait toujours qu'il avait été le plus heureux de son existence et elle racontait que jadis les commerçants se tenaient sur le bas-côté de la route avec des chapeaux noirs remplis à ras bord de fruits, qu'ils remettaient et rajustaient sur leur tête le soir après avoir vendu la dernière orange, avant de les soulever lorsque passait une belle femme, une fois assis au bar du coin.

Une télévision trônait sur un napperon crocheté et un cactus ornait le rebord de la fenêtre. La maison sentait l'encaustique et les huiles essentielles. Les deux chiens de berger dormaient dans un coin sur de vieux tapis persans, et lorsqu'ils changeaient de place, on voyait à quel point le papier peint était taché, gras et noirci par leurs corps. Autrefois il y avait aussi un petit hibou, un animal avec des yeux dans le dos qui, le jour, était assis dans la cage la tête vers le mur et qui tournait toujours celle-ci à 270 degrés au moment où l'on s'y attendait le moins, tandis que la nuit, quand on le laissait sortir, il traversait la cage d'escalier en piqué et débusquait les souris dans les chambres et la cave. Des tasses à thé à large anse faisaient office de cendriers, et on les emmenait au gré de ses déplacements de pièce en pièce. Une fois qu'elles s'étaient dit bonjour, la grand-mère demandait à Alma de lui allumer sa longue cigarette, gémissait, cherchait une bouteille de cognac Napoléon dans la crédence de la salle à manger, qui se trouvait dans le coin dédié au Christ et à la Vierge Marie, se servait un verre et entamait la conversation par une quinte de toux et un *Imagine un peu…*

Elle avait pour habitude d'être assise en face d'Alma dans des effluves de parfum suave, émaciée comme la plupart des malades, nerveuse et alourdie par l'âge, vêtue d'une robe de chambre qu'elle portait par-dessus une chemise boutonnée jusqu'en haut, ses cheveux gris, dont elle disait qu'ils poussaient lentement en hiver et rapidement en été comme les roses, tombant en mèches droites sur ses joues. Des mains si diaphanes qu'elles semblaient déjà avoir été effleurées par la mort. Des pois rouges séchés en guise de boucles d'oreilles. Quand elle prenait la parole, ce n'était pas une déclamation, mais une incantation rauque, un murmure lent et impérieux. Ce n'était pas une conversation, c'était une représentation, une mise en scène pour la jeunette qui ne prétendait par ailleurs jamais être autre chose. Elle administrait les histoires comme des antidouleurs, bien dosés, tantôt à la petite cuillère, tantôt à la louche, une glorieuse infortune après l'autre. C'était comme si elle avait attendu qu'Alma fût assez grande pour entendre chacune d'entre elles. Comme si elle brisait d'un coup son silence. Le regard vague, elle mettait en scène son existence, faisait apparaître des gens comme des fantômes avant de les faire disparaître d'une mort tragique. Quand elle faisait une pause, elle passait la langue sur ses lèvres gercées sous le rouge à lèvres, et quand elle reprenait son récit, elle jetait un regard vers le crucifix dans le coin de la pièce. À chaque mort qu'elle évoquait, elle buvait une petite gorgée de cognac. Et ces évocations étaient si précises qu'Alma voyait leur visage, un univers fait de nombreux noms inconnus et de rares noms connus, avec des particularités et des détails que l'on n'oubliait plus. On y trouvait : un enfant au regard d'adulte avec une dent manquante, sensuel comme une femme et dont l'haleine sentait toujours la viande. Un homme accompagné d'un chien qui ne franchissait le seuil d'une porte déjà ouverte que si on la lui ouvrait une deuxième fois de manière symbolique en répétant le geste dans le vide, parce qu'un jour il était passé par une porte vitrée. Une fille allongée dans un poumon d'acier avec juste la tête qui dépassait de l'immense machine, et que sa sœur coiffait tous les jours en lui tressant les cheveux en minuscules nattes. Un prêtre maigre et haut comme une colonne, affligé d'un défaut d'élocution, qui avait souhaité donner sa dernière bénédiction aux victimes d'une avalanche encore ensevelies sous la neige, et qui avait été enseveli à son tour avant même d'avoir pu terminer sa prière. Un prétendant qui joignait à chacune de ses lettres une enveloppe timbrée portant son adresse pour être sûr que la grand-mère lui répondrait. Le directeur qui, à chaque mauvaise nouvelle, rétorquait « Mais enfin, voyons ! », parce que l'on ne pouvait pas lui faire ça. La timide cousine qui avait un funeste penchant pour les coureurs de dot. La mère qui gardait dans son soutien-gorge une photo de son fils décédé, parce qu'elle ne supportait pas de l'avoir loin de son cœur. La femme du boulanger qui, après la guerre et quand la famine était au plus fort, lançait, de bon matin, des petits pains par les fenêtres. Et Herr Ribitsch et Frau Laposa et Doktor Ka et Doktor Mokry et tante Kokol, Frau Veres, Frau Sand, Frau Brigitte, Fräulein Schneider, Herr Baldur, Herr Müller, Herr Novak et des centaines d'autres. Alma mit du temps à s'y retrouver dans ce cosmos, à connaître par cœur la liste des noms, à retenir les diverses intrigues et destinées, avant de pouvoir y évoluer comme si elle en faisait partie. Rétroactivement, elle se liait d'amitié avec certains de ces personnages, tandis que d'autres lui étaient antipathiques jusqu'à la fin. Ces êtres conjurés par le souvenir portaient leur âge comme une caractéristique immuable, figés dans leur jeunesse ou leur vieillesse, ils continuaient d'exister dans la mémoire de la grand-mère tels qu'ils étaient lorsqu'elle les avait connus, et restaient également ainsi pour Alma. Au fil des années, celle-ci s'attacha tellement à ces étrangers rencontrés lors de ces voyages dans le temps qu'elle se demandait parfois ce qu'untel ou untel aurait bien pensé de telle ou telle situation, ou alors elle trouvait que quelqu'un qui attendait le bus ressemblait à quelqu'un qu'elle n'avait jamais rencontré mais qu'elle connaissait si bien par le biais des histoires que lui racontait la grand-mère. Seul le frère mort restait mort et ne ressuscitait jamais ; la grand-mère ne le rendait pas présent sous la forme d'une personne, mais d'un espace vide, d'une silhouette humaine se découpant dans l'air environnant, comme une absence qui ne cessait de croître, été comme hiver, vivace et perpétuelle. Il en était de même avec ses propres enfants, qu'elle n'évoquait presque jamais.

Elle était une bonne conteuse qui savait ménager le suspense. C'étaient tout particulièrement les esprits malveillants qu'elle avait croisés dans sa vie qu'elle présentait habilement comme des espèces d'hydres auxquelles poussaient, à chaque nouveau récit, deux nouvelles têtes jusque-là inconnues. Elle trouvait qu'il fallait aussi se souvenir des mauvaises personnes. Elle trinquait aux morts. Plus elle était soûle, plus elle évoquait Dieu. C'était comme si, dans l'ivresse, elle confiait un secret qu'elle avait trop longtemps gardé pour elle et qui, comme tous les secrets, lui avait imposé le fardeau de la solitude. Les choses auraient pu être bien pires, et ce qui pour elle était la preuve de son existence. Dieu ne lui apparaissait pas comme le Rédempteur, le Sauveur, mais comme une puissance à laquelle il avait été judicieux de croire, parce qu'il avait accédé à ses plus grandes prières et qu'il ne lui avait pris qu'un seul frère en gage. Elle confiait souvent à Alma qu'elle ne priait que pour les autres, jamais pour soi. Que très tôt déjà elle avait épuisé la part de protection divine qui lui était dévolue, qu'enfant elle avait été trop orgueilleuse pour croire, et qu'aujourd'hui cela faisait bien longtemps que plus personne ne pouvait l'aider, tant les infirmités de son corps étaient nombreuses, tant ses organes étaient malades et ses os abîmés.

Quand il était question de son mari, le grand-père d'Alma, elle en parlait comme si toute information à son sujet était provisoire, comme si, en parlant, elle ne cessait de découvrir de nouveaux détails le concernant, qu'elle n'avait pas encore remarqués ; elle essayait des mots pour lui, prêtait attention à leur sonorité, pour voir s'il s'agissait bien là des mots appropriés et justes, elle l'examinait sous toutes les coutures comme s'il était une grille de mots croisés et non un homme fait de chair et de sang. Chaque phrase véhiculait à la fois une tendresse pleine de retenue et une distance étrange, comme s'il était impossible de vraiment s'approcher de lui. C'est à cause de la guerre, disait-elle toujours quand elle butait sur quelque chose sans savoir comment continuer, quand sa vie lui donnait du fil à retordre et cherchait à échapper à sa mise en scène. Alma avait l'impression que la grand-mère avait beaucoup de difficultés à saisir la personne qu'avaient engendrée ces événements, à réunir toutes ses contradictions en un seul homme bien reconnaissable, à ne parler que d'un seul personnage et non de plusieurs, qui n'avaient en commun que le nom et le corps. Elle était profondément remuée quand elle parlait de lui, tantôt elle veillait, inquiète, à ne pas donner une fausse idée de lui, tantôt elle était si sévère dans son jugement que cela l'effrayait elle-même. Elle comblait les lacunes et remettait de l'ordre dans la chronologie qui avait tant troublé Alma dans son enfance et son adolescence. Elle parlait de son enfance et de ses années de soldat, de la terre qu'il avait mise au fond de sa poche, dont il était persuadé qu'elle lui avait permis de revenir, parce que la superstition est elle aussi une forme de croyance, rapportait ce qu'elle avait appris du grand-père au cours de leur vie commune, dans ses heures les plus faibles et les plus fortes, des éléments glanés dans des moments de gaieté et de larmes. Plus il s'obstinait à se soustraire au devoir de mémoire, plus la grand-mère s'acharnait à l'accomplir à sa place. Avec l'âge s'opéra en elle une étonnante métamorphose, elle ne se sentait plus assujettie au devoir de loyauté familiale, elle ne ressentait plus le besoin de taire les choses, de brouiller les pistes, sa pensée allait droit au but. Elle désignait les choses par leur nom, et si ses récits étaient théâtraux, elle ne cherchait pas à jouer de rôle. Elle méprisait ce que le grand-père avait fait, condamnait ses crimes, ses actions inconcevables, mais elle n'en avait pas honte ; elle n'avait honte que des mensonges, des fausses excuses et des tentatives de justification destinées à les effacer. La vérité ne lui semblait plus être une trahison. Des images, des faits et des lieux se faisaient jour. Pour la plupart du temps, Alma n'en avait jamais entendu parler. La guerre de la grand-mère n'avait rien de commun avec celle dont on avait parlé à la maison en termes voilés. Elle n'avait plus rien d'aventureux mais suscitait un mélange d'ennui et d'horreur. La grand-mère ne reconnaissait pas à son mari l'excuse d'avoir été victime des circonstances, car elle savait que la culpabilité supposait un effort personnel, et celui qui refusait de l'endosser ne pouvait pas prétendre au pardon, même si la tentative d'être quelqu'un de bien ne permettait ni d'être acquitté du Mal, ni de recevoir les éloges du Seigneur. Cette pensée la faisait toussoter. Pour Alma, elle retraça toute la vie du grand-père, il redevint nourrisson, petit garçon, soldat, et meurtrier, car les ordres qu'il avait suivis ne le mettaient pas à l'abri de ce verdict. Il redevint le prisonnier, le torturé, celui qui était rentré mais qui n'était jamais vraiment revenu, puis finalement l'époux, le père, le grand-père aux orteils manquants. L'enfant qui aimait chantonner devenait alors le vieil homme taiseux en l'espace de quelques heures. Elle prenait toujours le temps de répondre avec exactitude aux questions d'Alma, car elle ne voulait plus rien dissimuler. Dans ces conversations, elle répétait souvent qu'accorder la grâce à quelqu'un était une sollicitude non méritée, que les gens tristes possédaient souvent des chiens qu'ils aimaient secrètement, et les gens méchants aussi, et tandis qu'elle disait cela, ses mains reposaient sur les têtes grises des deux chiens de berger. Elle répétait qu'elle ne voulait pas mourir sans lui, même s'il avait toujours été difficile de vivre avec lui. Et si d'habitude elle ne trinquait qu'aux morts, elle ne manquait pas de prendre une gorgée de Napoléon quand elle parlait du grand-père, résolument et les yeux fermés, comme s'il n'y avait pas de différence.

Les deux femmes devinrent proches. Leurs rencontres étaient, pour l'une, des promenades dans sa mémoire, tandis que l'autre visitait le musée d'une vie en train de s'évanouir, invitée dans un esprit rempli d'histoires qui avaient pavé son chemin. Maintes questions que se posaient l'enfant puis l'adulte trouvèrent une réponse. Cela suffit à faire naître un amour tardif. Un matin, alors que le grand-père était absent, Alma passa avec un bouquet de fleurs et se mit en quête de la grand-mère, qu'elle surprit dans la salle de bains. Elle était assise dans l'eau froide d'une baignoire à peine remplie et se lavait les cheveux en criant de douleur. Quand elle aperçut Alma, elle la salua comme si de rien n'était. Elle était trop fière pour lui demander de sortir, et elle la remercia poliment et d'une voix rauque pour les fleurs. Cette image de la vieille femme nue tenant dans ses mains des jonquilles, son pubis sans poils hérissé de chair de poule, beauté morbide et ascétique préfigurant la mort, resta gravée dans la mémoire d'Alma à jamais.

5

Alma et Friedrich se rencontrèrent tard. Ils ne se faisaient pas d'illusions, ils reconnaissaient que leur rencontre n'était que le fruit d'un immense hasard et n'essayaient pas d'y voir un signe du destin, même si parfois cela leur paraissait difficile. Ils apprirent bientôt que le fait de «ne-pas-se-chercher» n'empêchait pas le fait de «se-trouver». Friedrich était un homme maigre avec un pli de vulnérabilité aux commissures des lèvres, discret en société, mais querelleur quand d'aventure il prenait la parole. Un ancien enfant de chœur qui, lorsqu'il allait chez le coiffeur, conservait toujours une photo de lui avec les cheveux fraîchement coupés pour être sûr de garder la même apparence et ne pas s'écarter de ce qu'il était. Sa façon de se taire était différente de celle qu'elle avait connue, ses images étaient incongrues, ses idées bonnes et ses décisions mauvaises. Un photographe avec le corps sec d'un coureur de marathon, un ascète qui se démarquait par une retenue qui la touchait et que rien ne mettait aussi mal à l'aise que les sages préceptes d'autrui. Un homme avec une fêlure. Lorsque Alma montra une photo de lui à sa grand-mère, celle-ci dit qu'il avait l'air de quelqu'un chez qui beaucoup de choses étaient déjà brisées. Et dès leur première rencontre, il lui sembla déjà goûter en lui la finitude, pas seulement sa finitude à lui ou à elle, mais celle de toutes choses, et même si elle trouvait cette idée ridicule, elle se surprenait à y penser encore et encore.

Lorsqu'ils se rencontrèrent, elle était à la limite de la jeunesse, tandis qu'il était déjà en train de vieillir sans s'en être rendu compte. Le hasard les rapprocha sans qu'ils s'y opposent, sans qu'ils disent un mot, sans qu'ils l'aient voulu, sans qu'ils l'aient mérité, mais avec une cohérence sans faille qui excluait le doute et ne permettait pas de revenir en arrière. Il leur était facile de s'aimer. Ils étaient unis par une affinité naturelle, une complicité qui n'exigeait ni effort ni expérience. Ils ne se préoccupaient pas de la vie que l'autre avait vécue avant et ne craignaient ni ce qui les avait précédés ni ce qui s'était brisé dans l'existence de l'autre. Elle savait que l'on redoutait uniquement le passé de l'autre parce qu'il n'avait rien à voir avec soi-même, et que c'était une vexation qu'il fallait avoir la force de supporter. Ils étaient à la fois clairvoyants et sans égard l'un pour l'autre, stoïques, sans ignorance, prêts à tout, les pertes subies encore bien en mémoire. Entre eux, il y avait quelque chose de silencieux et d'insatiable, une grande faim. Le soir, ils étaient assis l'un en face de l'autre dans des bars, buvant du vin dans des verres à eau, et Alma tendait les mains vers les cercles de fumée qu'il faisait, comme si elle voulait les enfiler tels des bracelets. Ils partaient toujours à l'heure de la fermeture, quand ils s'étaient usé les coudes sur le comptoir. Les nuits qu'ils passaient ensemble étaient sauvages, et plus une chambre était sombre et suffocante, plus elle semblait leur convenir. Ils baissaient les stores, tiraient les rideaux et fermaient les yeux dans l'obscurité. Ils couchaient ensemble en silence, s'abandonnant aux puissances indomptables des ténèbres, ou bien ils passaient des heures entières à discuter sous les couvertures, confinés dans cette obscurité réduite, comme des enfants qui lisaient en secret la nuit, non pas dans des livres, mais l'un dans l'autre. Ils parlaient jusqu'à succomber à la fatigue. Puis il la regardait dormir, tandis qu'elle rêvait de lui. Quand au matin ils étaient allongés bouche contre bouche, Alma se réveillait, adaptait les battements de son cœur aux siens jusqu'à ce que sa cage thoracique se levât et s'abaissât au même rythme, de sorte qu'ils expiraient au même moment et que personne ne sentait l'haleine vineuse et aigre de l'autre. Quand plus tard ils émergeaient du chaos des couvertures et des oreillers pour ouvrir, avides d'air, les fenêtres, la lumière révélait les morsures et les bleus de la nuit, des traces de strangulation et des hématomes grands comme des soucoupes.

La partie du corps que Friedrich aimait le plus chez Alma, c'était le losange de Michaelis, ce double triangle isocèle au bas du dos, situé entre les articulations sacro-iliaques d'une femme, qui présentent des fossettes sur lesquelles on peut poser le bout des doigts. Quand il la vit nue pour la première fois, il la perçut comme dans une étude de mouvement, image par image, hachée et morcelée, et c'est seulement lorsqu'elle se fut enfin endormie, qu'elle ne bougea plus, qu'il arriva à la saisir dans sa globalité. C'était une beauté impassible dont il aurait aimé qu'elle le laissât indifférent. C'était un grand corps qui se suffisait à lui-même, un modèle pour l'étude des formes arrondies. Toutes les lignes droites, toutes les formes anguleuses semblaient avoir été effacées, comme si pour l'amour toutes les arêtes auxquelles on aurait pu se blesser avaient été supprimées. Il y avait la courbe de la taille, la voussure des cuisses, le creux du cou et le pli du coude. Il vit la marque pâle du bikini d'Alma et, sur son bas-ventre, la cicatrice de l'appendicite, fine comme une aiguille, examina aussi la cicatrice d'une fracture de l'épaule, l'endroit où le corps avait été ouvert puis recousu, comme si à présent une porte close était logée dans sa peau, à travers laquelle il aurait bien aimé jeter un coup d'œil.

Quand ils couchaient ensemble, ils ne pouvaient pas s'arrêter, une puissance inlassable et sans limites s'emparait d'eux et ils étaient sous l'emprise d'une ivresse grotesque où leur propre existence semblait interrompue l'espace d'un instant. Parfois étourdi, parfois amusé par cette folle spirale, Friedrich était allongé là, les mains sur le bout de ses seins comme s'il était aveugle, tandis qu'elle était assise sur lui, les cuisses humides, sans gêne et sérieuse comme si elle était sur une chaise. Puis ils restaient silencieux, ressentant les contractions des muscles après l'amour, écoutant les bruits étranges de leurs entrailles sans jamais vraiment savoir de quel corps ils provenaient.

Ils vivaient suffisamment loin l'un de l'autre pour qu'Alma, quand elle buvait son café le matin, vérifiât dans le journal quel temps il faisait dans l'autre ville pour pouvoir s'imaginer la journée de Friedrich, quels étaient les niveaux de lumière et de précipitations, de vent et de gel, s'il quitterait la maison muni d'un parapluie ou sans manteau. La météo était un trou de serrure secret et lointain. Comme une enfant, elle se bâtissait un monde à partir de ses éléments les plus simples, à partir du soleil, de la lune et des nuages, et, quand il pleuvait ici et qu'il faisait beau là-bas, elle était, le soir venu, étrangement apaisée à l'idée qu'ils avaient au moins l'obscurité et la nuit en commun. Elle s'inventait de petites météorologies insolites, une théorie des phénomènes atmosphériques, des thèses sur la température et la neige, comme s'ils ne vivaient pas seulement dans des villes différentes, mais aussi sur des continents différents. Elle imaginait cet homme maigre évoluer dans des endroits interchangeables, se tenir devant une porte qu'elle ne connaissait pas, dans une rue qu'elle n'avait jamais vue, dans une vie à l'écart de la sienne, se représentait des images qui n'avaient de réel que le temps qu'il faisait. Jadis, quand on se languissait de quelqu'un qui habitait loin, on appelait la station météorologique ou l'auberge du coin pour apprendre quelque chose sur l'autre, ainsi que le lui raconta la grand-mère, et Alma se dit que tout ce qui nous semble nouveau quand on est amoureux existe en fait depuis la nuit des temps.

Ils ne se voyaient que rarement, ainsi la privation les prédisposait au désir. Ils jeûnaient l'un de l'autre, affamés des semaines durant, jusqu'à ce qu'ils se voient, et pourtant ils restaient polis et réservés quand ils s'enlaçaient enfin, pour ne pas charger l'autre du fardeau de son manque. Ils agissaient avec prudence, comme s'ils souffraient d'une version humaine de la timidité des arbres et que, pareils aux arbres, ils limitaient leur croissance dès que leurs cimes se heurtaient dans le vent, afin de ne surtout pas être un obstacle pour l'autre. Qu'il s'agissait là d'amour, Alma le remarquait à son corps, elle percevait soudain son cœur comme un muscle, le sentait grandir et rétrécir, sentait comment il le sentait se contracter et se dilater dans le labeur du désir. Elle n'en faisait pas toute une histoire, et pour la première fois depuis longtemps, il lui semblait extrêmement facile d'être et de rester en vie. Quand Friedrich venait, ils se rencontraient aux abords de la ville et partaient à la campagne. Il conduisait toujours d'une seule main, cherchant les doigts d'Alma qui reposaient sur ses genoux, tandis qu'elle tenait sa main entre les siennes comme un trésor que l'on avait remporté, jusqu'à ce qu'ils soient arrivés à destination. C'était comme s'ils n'avaient besoin de rien d'autre que d'une route de campagne, d'un clocher au loin, d'une forêt, d'un bar le soir et d'un lit. C'était la liberté effrayante et enivrante des premiers jours. Ils empruntaient de petits sentiers et étaient soulagés quand un étranger venait au-devant d'eux, car ils prenaient alors conscience d'être eux-même des étrangers loin de leur vie habituelle. Ils se perdaient entre les arbres et se tenaient l'un à côté de l'autre comme s'ils possédaient eux aussi des cimes que traversait le vent. Ils se tenaient l'un en face de l'autre et pensaient : Nous n'avons rien, nous cherchons tout. Le soleil de leurs premiers jours les cuirassa pour tous les jours plus sombres qui allaient suivre. Alma aimait tant la saison chaude. Au déclin de l'été, elle était toujours saisie de désespoir, assaillie par une sauvage, impitoyable et puérile nostalgie de ses longues et claires journées et de l'odeur de la pierre brûlante. Comme le temps, elle prenait les saisons à cœur. Elle était une agnostique fragile, à qui manquait parfois le dieu auquel elle ne croyait pas, sauf en été. Elle faisait des vœux plutôt que des prières. Toujours immodeste. Ses vœux étaient une prière sans Dieu, une apostrophe à l'univers, comme en font tous ceux qui ne croient pas au salut. Jamais elle n'oublia la lumière et les ombres de ces premiers jours, de ces premières années, les chambres lumineuses et les chambres obscures, où les cicatrices et les plis de la peau ressortaient avec d'autant plus de netteté, où les marques distinctives, une tache de naissance, une tache de rousseur, une veine éclatée se montraient davantage. La peau transparente et rugueuse du lobe de l'oreille, si translucide que l'on pouvait presque voir le soleil au travers, les cils clairs, presque blancs à la lumière. Les nuits si sombres, que l'on ne pouvait que sentir l'odeur de l'autre sans le voir. C'étaient ces journées folles où l'on ne pouvait que s'avouer la force de son amour, parce qu'on ne savait pas ce qu'on aurait pu faire d'autre. C'était un *perpetuum mobile* du désir qui continuait de tourner à mesure qu'il était assouvi. Plus tard, elle aimerait repenser à la manière dont ils s'étaient livrés l'un à l'autre sans s'opposer de résistance, avec un naturel que seule l'absence d'exigence rendait possible. Elle comprit que c'étaient ces moments d'abandon total qui rendait possibles les grandes choses, belles ou terribles, et qu'il fallait être en mesure de les supporter. Ce n'était pas visible, mais les os et les entrailles d'Alma avaient changé de place après sa rencontre avec Friedrich, car dès qu'ils se voyaient, elle avait l'impression qu'un cœur nouveau grandissait en elle, comme s'il se reformait, se formait différemment pour pouvoir battre aussi pour une autre personne, comme s'il traversait une petite évolution organique. Quand ils s'entretenaient, ils se parlaient, comme tous les amants, d'habitudes et de traits de caractère, qui n'étaient déjà plus totalement vrais lorsqu'ils les exprimaient, sans qu'ils aient ressenti un changement. Et étrangement ils se parlaient toujours à voix basse, basculant dans ce chuchotement superflu qui s'installe quand on est seuls et que personne d'autre ne peut vous entendre. Ils avaient alors l'impression d'être aussi perméables qu'un fantôme, comme s'ils s'étaient traversés l'un l'autre telle une ondée, comme si l'un avait oublié des parties de soi dans l'autre, parties que l'on ne retrouvait que plus tard, lorsqu'on était seul à nouveau. Quand Friedrich partait, Alma ne pouvait pas le suivre longtemps du regard, toujours arrêté par une porte fermée à la hâte. Mais elle ne croyait pas aux portes ni aux adieux, et des jours plus tard, elle sentait encore son odeur comme si son corps avait sauvegardé, elle ne s'estompait que lorsqu'elle pensait moins à lui.

Ils pensaient beaucoup l'un à l'autre et se voyaient peu en ces années-là. Friedrich voyageait sans cesse pour ses reportages photo, et quand il rentrait, il soignait sa mère souffrant de démence. Il venait dans la ville d'Alma toutes les quelques semaines et refusait la plupart du temps qu'elle fasse le trajet pour aller chez lui. Friedrich était lui aussi prisonnier de son histoire de famille, c'était un récit solitaire qui lui échappait régulièrement et qu'il partageait avec Alma malgré lui. Au cours de ces années elle ne l'accompagna que rarement pour rendre visite à la vieille dame dans son grand appartement. Chacune de ces visites commençait par un moment d'hésitation, un moment de flottement, et cette clef dans la serrure, dont Friedrich se demandait souvent à voix haute pourquoi il ne la perdait jamais, alors qu'il était si facile d'égarer des choses. Derrière la porte verrouillée par cette clef, il faisait toujours chaud et le silence régnait. Les stores à moitié baissés projetaient, été comme hiver, des rais de lumière sur le parquet à panneaux, et répétées par leurs ombres, les plantes d'intérieur poussaient en double sur les murs. Face à la taille massive des meubles en bois, tout paraissait petit, et avant même d'avoir ôté son manteau, Alma ne pouvait s'empêcher de penser qu'elle avait déjà rapetissé en franchissant le seuil, rétrécissant un peu plus à chaque pas, comme si les dimensions des armoires en chêne lui avaient coûté quelques millimètres.

Ils trouvaient toujours la mère de Friedrich sans la chercher. Elle se tenait souvent au milieu de la pièce, debout, le dos droit et les cheveux blancs, entre les meubles et les objets, entre une lampe et une chaise, muette et immobile, figée comme la femme de Loth, comme si elle ne voulait pas se faire remarquer, mais se fondre dans le décor. Elle était assise dans un fauteuil à oreilles, les yeux grands ouverts, devant l'écran vide de la télévision. Elle était allongée sur la couverture rugueuse du lit de jour, respirant avec difficulté, un pied soigneusement posé sur le sol à côté de la patte de lion en bois, comme s'il s'agissait là de sa place habituelle dans le monde. Elle venait à leur rencontre en sortant nue de la cuisine ou des toilettes en bottes d'hiver, un chapeau sur la tête. C'était comme si elle essayait de tester ce qui était convenable et cherchait où était sa place. Comme si elle essayait de s'orienter sans boussole, sans mode d'emploi, dans un univers à l'ordre nouveau, parlant une autre langue. Elle ne reconnaissait jamais Alma lors de leurs visites, la saluait distraitement ou se taisait quand elle lui tendait la main, pourtant Friedrich se réjouissait qu'elles se rencontrent, que ce qui faisait qu'une part de sa vie établisse des liens avec l'autre, le temps de quelques heures étranges. La seule chose qui les fît souffrir, c'était de voir l'indécision de la mère, une indécision qui se muait en embarras pour faire place à un épuisement qui ne se dissipait plus. Elle semblait prisonnière d'une énigme, perdue dans un labyrinthe d'objets d'où les êtres humains étaient absents, et déjà le monde le plus infime exigeait un travail de réflexion qu'elle était incapable de mener à terme, une devinette qu'elle était incapable de résoudre, quels que soient les efforts qu'elle faisait pour y parvenir.

La mère de Friedrich égarait des objets de toutes sortes, beaucoup de choses disparaissaient de leur place habituelle et réapparaissaient dans des endroits où on ne les cherchait jamais. C'était comme si elle réorganisait l'appartement dans le chaos, avec de petites incohérences, d'exotiques combinaisons de l'inutile. Alma ne pouvait s'empêcher d'éprouver un étrange plaisir à ce jeu de cache-cache involontaire. Elle aimait trouver des objets dans des endroits improbables, demandant même à Friedrich si ces petites surprises ne lui manqueraient pas plus tard, la télécommande posée dans la boîte à pain, ou un livre fourré dans la housse de la bouillotte, comme si l'on pouvait s'y brûler les doigts. Mais c'était un divertissement de courte durée. Car, quand la vieille dame cachait suffisamment bien les objets à ses propres yeux, elle soupçonnait son fils de les lui avoir pris, l'accusait, les larmes aux yeux, du vol tantôt d'une chemise en soie, tantôt de toute sa vie, qu'elle ne retrouvait plus.

Le quotidien et les procédés les plus simples la plongeaient dans le désarroi, elle n'avait en outre plus aucun souvenir. Toutes les questions concernant le passé étaient vaines. À de rares exceptions près, sa mémoire était laissée à l'abandon et vide de toute vie, et c'est pourquoi Friedrich ne pouvait se fier qu'à lui-même. Il ne connaissait pas son père, et il ne pouvait s'appuyer que sur ses propres images, souvenirs d'enfance visuels, que personne ne validait ou n'infirmait. Curieusement, Alma trouvait agréable l'absence de passé dans l'appartement et dans l'esprit de la vieille femme. Le manque de souvenirs était un soulagement et elle aimait le présent absolu qui s'ensuivait, même si celui-ci apportait son lot de problèmes. C'était un lieu affranchi du fardeau de ce qui avait été, on pouvait s'y reposer des morts, de la piétaille des défunts, de ces légions d'années anciennes, c'était l'inverse de la maison-musée de ses grands-parents. Ici on ne se remémorait rien ni personne. La mère de Friedrich était une personne vide, sans plus de rôle à jouer, une malade atteinte de vacuité, à qui la maladie avait ravi toute biographie. Parfois seulement un écho de son vécu semblait passer, l'espace de quelques secondes, sur son visage, elle sursautait alors, levait la tête comme un animal qui hume l'air, puis la baissait à nouveau, oubliant instantanément pourquoi elle l'avait levée.

Les miroirs étaient un problème, surtout quand quelqu'un d'autre se trouvait dans l'appartement. Il arrivait qu'Alma découvre la mère de Friedrich au bout du couloir, les mains pressées contre la vitre, se contemplant dans le verre miroitant sans se reconnaître. Elle était aveugle à elle-même. Elle s'examinait avec attention, d'abord en silence, puis en poussant un cri. Elle reculait de quelques pas puis, méfiante, revenait sur la pointe des pieds, curieuse de voir s'il y avait toujours quelqu'un dans le miroir. Si elle restait trop longtemps devant, elle se mettait en colère. C'était comme si elle avait l'impression qu'on l'imitait et qu'on se moquait d'elle, car elle percevait chez la personne qui lui faisait face des mouvements – un geste de la main, un battement de cils – qu'elle venait tout juste d'éprouver sur son propre corps. Puis ses yeux s'écarquillaient, et Alma l'entendait s'enjoindre à elle-même de partir, elle la prenait alors par le bras en l'éloignant de la glace, l'aidant dans une fuite impossible. Lors de la visite suivante, Friedrich avait déjà décroché les petits miroirs et voilé les grands avec des draps, il se rasait à l'aveuglette, fixait le carrelage du mur en se brossant les dents, et Alma se demandait s'il savait encore à quoi il ressemblait quand il était chez lui dans l'autre ville et qu'il n'était pas avec elle.

Friedrich souffrait de la disparition progressive de la femme qui l'avait élevé, même s'il n'évoquait que rarement le sujet. Ce n'est que lorsqu'il avait suffisamment bu qu'il disait parfois à Alma à quel point sa mère s'était retirée d'elle-même. C'était comme si un fantôme avait revêtu sa peau tel un drap, reproduisant gauchement ses gestes, imparfaitement et sans conviction. Alma le pria de lui montrer de vieilles photos, pour au moins pouvoir comparer les traits du visage et les regards d'autrefois avec ceux d'aujourd'hui. Si la mère avait porté ses cheveux sévèrement tirés en arrière toute sa vie, ils retombaient à présent en mèches éparses sur sa poitrine osseuse. Quand Friedrich avait un jour essayé de les lui attacher avec un élastique qu'il avait trouvé dans le tiroir à couverts, elle avait fondu en larmes et s'était ruée sur lui en le frappant. Ses muscles avaient beau être affaiblis, ses coups le touchèrent avec d'autant plus de violence. Son visage, jadis rond, avait à présent les joues creuses et un menton pointu. Son odeur même avait changé, raconta Friedrich, elle était plus salée et amère qu'avant, et sous les aisselles, elle sentait la soupe. Un jour ils regardèrent tous deux par la porte ouverte de la salle de bains et la virent assise dans la baignoire, en train de tenir un morceau de savon entre les mains et de contempler l'eau qui le faisait fondre lentement entre ses doigts. Et même le chat prenait ses distances, l'évitait, ne venait plus se frotter à ses jambes et ne dormait plus sur ses genoux, mais se pelotonnait sur les chaises vides. C'était une métamorphose inconsciente, une transformation hasardeuse, aléatoire et sans résultat, Friedrich ne la voyait pas devenir une autre, mais il la voyait se soustraire à elle-même. Elle ne savait plus comment elle s'appelait, oubliant d'abord son nom puis ceux du monde. Elle restait muette des journées entières jusqu'à ce qu'un souvenir jaillît d'elle, encore et encore, qu'elle racontait alors sans s'interrompre, et une fois l'histoire terminée, elle la reprenait avec exaltation depuis le commencement. S'il se réjouissait au début de ces fragments de sa vie, il se lassa rapidement de leur répétition. Le langage avait perdu sa fonction et ne servait plus à la compréhension. Elle répondait à chacune de ses questions en répétant avec hésitation ladite question, mais en baissant la voix, comme si l'intonation en changeait le sens et la signification. Quand Alma accompagnait Friedrich, elle les observait tous les deux comme on observe quelqu'un que l'on aime, pour découvrir un nouveau détail, une nouvelle énigme, une nouvelle solution à cette personne. Elle les contemplait et les écoutait alors qu'ils étaient plongés dans une conversation où les mots ne cessaient de manquer leur cible. L'appartement était un monde complémentaire ; alors que tout dans les pièces lui était terriblement familier, sa mère ne reconnaissait rien, tandis que les dernières traces et les derniers indices de son moi lui filaient entre les doigts, il devenait pour elle l'ultime support dans un monde qui s'émiettait. Son évanescence le rendait fou. Jamais Alma n'avait vu Friedrich perdre patience, mais un jour il secoua sa mère avec brusquerie, et lui qui n'élevait jamais la voix se mit d'abord à crier contre elle, avant de se taire et de frapper avec le poing contre la mince cloison jusqu'à ce que ses phalanges se mettent à saigner. Alma savait qu'il ne lui pardonnait pas de disparaître et il lui en voulait encore plus de laisser derrière elle une partie de soi.

Après leur première visite commune, Alma commença secrètement à souhaiter la mort de la vieille dame sans avoir mauvaise conscience, car elle le souhaitait pour Friedrich, s'imaginant le décès de sa mère comme une dernière mue, un changement qui l'apaiserait parce qu'il ne pourrait plus en entraîner d'autres. Elle se représentait cette mort comme l'effet d'une négligence, comme de passer par une fenêtre au lieu d'une porte, comme une casserole qui prend feu ou comme cet ultime oubli où le cœur omet de battre. Elle s'imaginait que non seulement son corps, mais aussi son esprit commencerait à pâlir jusqu'à ce qu'ils aient entièrement disparu et que l'on ne vît plus qu'un mur là où un instant auparavant se tenait encore la vieille femme, et pourtant de nombreuses années s'écoulèrent encore entre cette première rencontre et le moment où le corps quitta le monde à la suite de l'esprit.

En ces années-là, Alma était souvent seule. Assise dans sa petite cuisine devant un grand écran avec son amour pour seule compagnie, elle levait les yeux de son travail et regardait par la fenêtre. À l'encontre de ce que ses parents avaient souhaité, elle était devenue illustratrice, faisant de ses images et de celles des autres un métier, illustrant des livres pour enfants, des cartes postales ou des brochures publicitaires sur un bureau en verre. Elle s'asseyait les jambes repliées sur une chaise de jardin en plastique blanc devant d'énormes feuilles et des petits carnets de notes. Les pinceaux et les stylos se dressaient dans une boîte de conserve sur le rebord de la fenêtre comme un bouquet de fleurs. Il y avait des tubes et des petits flacons de peinture partout. Et toujours du café noir sur une des deux plaques de cuisson, qu'elle buvait comme d'autres boivent de l'eau. Une odeur chimique, amère, une odeur de brûlé flottait toujours dans l'air, parfois on sentait l'odeur du bonbon au citron, qu'elle faisait passer avec sa langue d'un côté à l'autre quand, les sourcils froncés et le buste penché en avant, elle dessinait un univers imaginaire après l'autre. Les murs étaient tachés et les dieffenbachias prenaient appui dans les coins. Le frigo hurlait comme un monstre et les bouteilles de vin tintaient dès que l'on refermait sa porte qu'ornait une carte postale qui citait Dorothy Parker : *Lorsque le téléphone ne sonna pas, je sus que c'était toi.*

Leur grand amour simple perdura, même si, les années passant, les circonstances devenaient plus difficiles. Bien sûr que l'on pouvait prévoir la souffrance, mais on ne pouvait pas en tenir compte. Ils auraient souhaité disposer d'une «pédale de l'homme mort» pour l'amour, cette pédale que les conducteurs de train actionnent à intervalles réguliers pour montrer qu'ils sont bien là, en mesure d'agir et parfaitement conscients, pour que le train ne s'arrête pas. Ils étaient précautionneux l'un avec l'autre, mais ils étaient convenus de ne pas se ménager. Rien, en effet, ne leur paraissait plus humiliant que l'idée d'être ménagé, cette défaite sans bataille dont on ne savait rien, mais que l'on éprouvait encore longtemps après. Alma repensait souvent à la fois où Friedrich avait avalé une de ses boucles d'oreilles parce qu'il voulait tout d'elle, ainsi qu'il le lui dit plus tard, et elle s'imagina le petit anneau comme un de ces talismans que l'on jette dans une fontaine et que l'on cache au plus profond de soi pour que l'autre revienne toujours.

Quand Friedrich manquait à Alma, il lui manquait tout entier, et elle dressait mentalement une liste détaillée de toutes ses particularités, comme on fait une liste de courses. Elle énumérait tous les points, elle créait un répertoire intime du désir : 1. l'odeur, 2. les histoires d'enfance, 3. les ronds de fumée et la poitrine ébranlée par les battements du cœur, 4. un poil, 5. la suture sous les testicules au niveau du périnée, 6. la petite douleur au plus profond de soi, 7. la grande, 8. l'os temporal,

9. la sacoche à clefs en cuir, 10. l'arcade pubienne ; et elle ne pouvait empêcher que, d'une fois à l'autre, ce répertoire prenne une tournure ridiculement kitsch. Avec le temps, elle n'était plus sûre de ce qu'elle craignait le plus, que le manque augmente ou qu'il diminue. En pensée, ils se parlaient et se taisaient ensemble toute la journée. Même quand ils étaient ensemble, le temps leur manquait toujours, autant pour les corps que pour les histoires que l'on avait mises de côté pour l'autre et que l'on formulait et se récitait mentalement à l'avance, et que l'on n'avait finalement pas l'occasion de placer. La distance leur devint une habitude. Parfois il lui semblait insupportable qu'aimer et être aimé n'ouvrît pas des droits, comme celui de savoir à tout moment où dans le monde où se trouvait l'autre et ce qu'il faisait, ce qu'il advenait de lui. Parfois la distance se transformait en blessure, et ils en voulaient à l'autre simplement parce qu'il était absent. Il était impossible d'empêcher que la douleur devienne réalité. Il y avait de mauvaises semaines, pendant lesquelles Alma quittait à peine la maison, ne se tenait pas à la fenêtre et ne regardait pas vers la porte, buvant pour passer de sommeil en sommeil. Des jours où elle fumait ses cigarettes jusqu'aux dents, jusqu'à ce qu'elles lui brûlent les lèvres, jusqu'à ce que les poumons lui fassent mal comme s'ils étaient spongieux et enflammés. Des heures translucides et poreuses, pendant lesquelles le monde l'importunait, la rendait désagréablement

perméable, et où elle se sentait contrariée non seulement par la présence d'autres personnes, mais aussi par celle des objets. Elle souffrait de maux de tête et de l'absence de Friedrich dès le réveil, et à chaque battement de cils, elle avait la sensation que ses paupières écorchaient ses globes oculaires, qu'elles étaient dures et mécaniques. C'était le prix de l'amour qu'elle payait, et elle le payait en vulnérabilité, en impuissance et en dépendance, et il lui paraissait d'autant plus cher qu'elle avait longtemps eu l'habitude de subvenir à ses besoins toute seule. Elle avait grand-peine à se remettre de l'éloignement, et quand ils se revoyaient, elle se montrait distante.

Puis, pas à pas, ils se réapprivoisaient, ici une résistance, là une petite hardiesse qui repoussait imperceptiblement ses propres frontières et celles de l'autre, laborieuse mise en place d'une intimité partagée. Des gestes minuscules, que d'autres n'auraient même pas relevés, comme se brosser les dents ensemble devant un miroir terni ou répondre au téléphone sans quitter la pièce, les réconciliaient l'un avec l'autre. Ce n'est que bien plus tard qu'il y eut des journées entières sans qu'elle pense à lui, et quand cela advint, cela lui parut presque un soulagement.

Dans les commencements de leur relation, elle étudiait Friedrich de la même façon qu'elle étudiait quand elle était encore à l'école ; une élève vigilante, systématique et affamée de détails. Elle apprenait son langage, essayait ses mots, les expressions qu'il utilisait, les phrases qui revenaient souvent. Elle réunissait des fragments de lui pour les trier dans sa tête et les assembler comme un puzzle en une image en trompe-l'œil à laquelle il manquait toujours une pièce. Elle cherchait à extraire de leurs conversations des dates et des faits, des chronologies et des relations de cause à effet, dégageait des bribes d'informations à partir de subordonnées et de notes de bas de page, et vérifiait en scrutant son visage l'importance de ce qu'il disait. De chaque récit elle déduisait les heurs et les malheurs qui avaient marqué les années dont il était question. Elle s'appropria cet homme par un travail minutieux, commençant par de petites choses, retenant son anniversaire et le nom de ses amis, les lieux de son enfance et les étapes qui avaient suivi, recherchant des noms de ville, regardant des photos de sa ville natale sur internet, s'y rendant même une fois en train, sans descendre. Elle mesurait ce qu'il disait et évaluait ce qu'il taisait, comme si elle s'efforçait de cartographier toute une existence qu'elle auscultait pour débusquer les cassures dans sa biographie, ses années d'enfance et d'adolescence, l'exorcisme d'un ancien moi, les changements de cap qui vous éloignaient de celui que vous étiez pour devenir un autre. Alma était à l'affût d'une douleur, d'un manque, de ce trou de serrure qui permettait à l'autre de tout verrouiller. Elle cherchait en lui des indices de son moi à lui et plus tard des indices d'un toi, d'elle-même.

Quand ils se rencontrèrent, Alma comme Friedrich étaient divorcés. Ils s'étaient tous deux mariés jeunes, pour de bonnes raisons et par amour. Rien ne s'y était opposé, beaucoup de choses y avaient contribué. Leurs unions n'avaient été ni meilleures ni pires que ce que l'on pouvait attendre, la séparation avait suivi la logique des années qui passaient, elle advint lentement, et même si au bout du compte cela ne les surprit pas, le chagrin ne leur fut pas épargné. Tous deux avaient connu les claires matinées pleines d'allégresse où l'on se réveillait en époux, où l'on se réveillait encore nus l'un à côté de l'autre alors que tout était déjà perdu, les années de complicité et les années où on ne la reconnaissait plus cette complicité. L'acceptation muette de ce malheur qui se transformait en un adieu retardé. L'instant où l'on n'appartenait plus à quelqu'un. L'instant où l'on n'appartenait plus à personne. Des heures sans rédemption. Et cette grande fatigue sans précédent du ne-pas-être-aimé et du ne-pas-aimer qui était si épuisante certains jours que l'on avait envie de fermer les yeux et de s'allonger dans un creux au bord du chemin, dans un trou dans la terre, pour dormir, parce que l'on ignorait ce que l'on aurait pu faire d'autre pour se sauver. Avant cela ils avaient eu comme tout le monde une enfance solitaire et une vie d'adulte d'où la solitude n'était pas absente, mais se présentait sous des visages toujours nouveaux. Lorsqu'ils se rencontrèrent, ils avaient vécu une vie sans monstruosités, sans hauts et bas trop extrêmes. Et lorsqu'ils se demandèrent : Que t'est-il arrivé jusqu'ici, ils répondirent : Rien de plus que ce qui arrive aux autres.

Ils eurent tous les deux, lorsqu'ils furent ensemble, des liaisons, des heures secrètes, des obsessions de chair et de sang, rien que l'autre sût, et rien que l'on ne pardonnât pas quand on le devinait. Des nuits égoïstes, encapsulées, qui n'étaient pas un remplacement mais un soulagement, avec des inconnus auxquels on n'avait rien à dire, avec lesquels on avait simplement à faire, nuits au bout desquelles on s'en voulait et on en voulait aux caresses d'être parfois interchangeables, et où l'on avait mauvaise conscience de ne pas disposer d'une tendresse exclusive, destinée à une seule personne et qui ne ressemblerait à aucune autre. Cela prit des années pour que Friedrich cesse de venir simplement en visite et reste, et que la proximité devienne aussi géographique. Après le décès de sa mère, qui un jour avait vraiment fini par passer par la fenêtre du troisième étage au lieu de passer par la porte, Friedrich emménagea du jour au lendemain dans le petit appartement d'Alma. Ce fut une décision qu'Alma n'apprit que lorsque Friedrich se tint sur le seuil, avec un carton sous le bras au lieu d'une valise à la main. Leur amour fit ses preuves dans ces nouvelles conditions, ils vivaient ensemble simplement et sans drames, les pieds nus sur le sol en linoléum à carreaux rouges et blancs de la cuisine, entre les plantes qui pendaient du plafond en se balançant et le sofa en velours, avec le son grinçant du tourne-disque dans la chambre à coucher et le couinement du fauteuil à bascule dans le salon, entre des verres d'eau vides et des tasses de café remplies à ras bord. Les pièces absorbèrent Friedrich et l'intégrèrent dans l'architecture de ce chez-soi, comme s'il n'était pas un humain, mais un lampadaire, un parapluie, un miroir qui avait manqué depuis toujours dans cet intérieur. Le matin, les oiseaux du lotissement étaient assis sur le rebord de la fenêtre, la tête penchée, picorant le pain qu'Alma et Friedrich avaient réduit en miettes entre leurs doigts, regardant dans l'appartement, comme eux regardaient vers l'extérieur. Le soir, Alma et Friedrich étaient allongés sur le lit avec une bouteille de vin rouge ou un jus de pomme trouble et écoutaient de la musique, les jambes relevées et le regard tourné vers le plafond. La nuit, ils dormaient serrés l'un contre l'autre, comme s'ils ne s'étaient pas vus depuis longtemps.

La réalité dans l'appartement était mince comme du papier, et parfois deux personnes y étaient déjà de trop, les pièces de l'immeuble datant des années soixante-dix étaient si mal insonorisées qu'un bâillement en entraînait un autre, même lorsque l'on se trouvait dans deux pièces différentes. Entre ces murs, l'amour s'établit comme un sentiment désordonné, qui les obligeait à cette contradiction : brûler tout en réfléchissant au feu qui les consumait. Si Alma aimait scrupuleusement certaines particularités de Friedrich, elle se mit à en détester d'autres tout aussi consciencieusement, mais trouvait rassurant de voir qu'il ne s'agissait là que de bagatelles et que le grand amour n'était mis à l'épreuve que par de simples broutilles. Cela n'empêcha pas certaines grossièretés savamment dosées, quelques cruautés discrètes à la limite du supportable ou de l'insupportable. Elle découvrit chez lui des habitudes qu'elle crut ne pas pouvoir accepter : elle n'aimait pas quand il étalait de la confiture directement sur sa langue comme sur un morceau de pain, quand il prenait ses blagues au sérieux de la façon la plus fâcheuse qui soit, ou quand il se grattait la peau du crâne dans un frottement sec et bruyant. Il la rendait folle quand il mangeait, la nuit, des légumes au vinaigre directement dans le bocal, debout dans le froid et à la lueur du frigo ouvert, les doigts pâles baignant dans la saumure, avant de revenir se coucher sans s'être lavé les mains. Quand il passait nerveusement la langue sur ses lèvres chaque fois qu'il faisait une erreur. À quel point il devenait indifférent quand elle se consumait de colère. Son arrogance péremptoire dans les disputes lui répugnait tant, qu'elle aurait eu envie de jeter du gravier au fond de son gosier, juste pour sonder la profondeur de son manque d'âme. Mais il n'y avait rien qu'elle détestât davantage que lorsqu'il grattait la corne de ses talons ramollie par l'eau du bain chaud et que cette matière pâteuse restait collée sous ses ongles. Elle se disait très régulièrement qu'elle allait cesser de l'aimer sur-le-champ si elle contemplait quelques secondes de plus ses pieds qui lui semblaient anormalement grossiers, comme s'ils n'appartenaient pas à un homme, mais à un animal ; et tout aussi régulièrement, elle était étrangement satisfaite de ne pas le faire, comme si seules ces petites provocations donnaient sa détermination à l'amour.

La distance à laquelle ils s'étaient habitués se transforma avec le temps. Si Alma et Friedrich avaient vécu jusqu'ici dans des villes et des pays différents, ils se trouvaient à présent dans des pièces différentes et sans pourtant cesser de mesurer mentalement la distance qui les séparait. La proximité n'était pas devenue une habitude, même après toutes ces années, elle venait et repartait, ils s'y abandonnaient quand elle s'installait, mais ils ne cherchaient pas à la forcer et acceptaient aussi son absence, sans en avoir mauvaise conscience. Lorsqu'ils se disputaient, ils ne se touchaient pas, et s'ils n'avaient rien à se dire, ils se taisaient sans donner d'explications. Ils acceptaient leurs désaccords. Après toutes ces années, ils ne s'étaient ni trop rapprochés, ni trop éloignés l'un de l'autre, de sorte qu'ils continuaient à bien s'entendre. Parfois seulement Alma aurait voulu pouvoir reprendre les secrets qu'elle lui avait offerts au début, lorsqu'elle pensait qu'elle n'en aurait plus besoin. Alors qu'il n'y a souvent rien de plus essentiel qu'un secret bien à soi. Avec l'âge, rien ne lui semblait plus effrayant que l'idée d'être parfaitement transparente.

C'était donc un amour tardif, affermi par la perte de chaque histoire précédente. Alma se sentait presque trop vieille pour un tel amour, pourtant ils parvenaient à relever ensemble ce défi : avoir conscience des cicatrices, mais aimer comme si elles n'existaient pas. Avec un sourire, Alma repensait de temps à autre à son premier amour de jeunesse et à sa déception de voir combien il était facile de vivre un tel naufrage et combien il était facile de s'en remettre. Ne pas mourir d'avoir eu le cœur brisé la fit souffrir plus que la fin de la relation elle-même. Alma pensa longtemps ne plus jamais pouvoir aimer comme cette première fois. Scrupuleusement et tendrement attachée à tous les défauts et à toutes les imperfections, sans se rendre compte de tout le malheur qu'avaient entraîné ces années. Rétrospectivement, elle aurait souhaité que ce premier amour fût différent ; à l'époque, cela ne la dérangeait pas qu'il ait tourné au désastre, mais plus tard elle aurait bien aimé pouvoir s'en souvenir comme d'un bonheur. Car cet amour avait rarement été beau, mais urgent et séduisant et nécessaire pour toute enfant, pour toute petite fille qui ne voulait plus en être une. Chaque nouvelle personne devenait une porte vers le monde. De se livrer la première fois à autrui d'une manière aussi existentielle était terrible et prometteur à la fois. Après ce premier amour qui l'avait conduite hors des ténèbres de l'enfance, elle ne pensa longtemps qu'en termes de nom et de prénom aux hommes avec lesquels elle couchait, cela lui semblait adéquat et précis, et alors qu'elle aimait Friedrich depuis longtemps, elle ne pensait à lui, même dans les moments les plus intimes, qu'en tant que Friedrich Gruber.

6

La naissance d'Emil ne lui procura pas le bonheur escompté. C'était un hiver froid et sombre. Alma avait du mal à se remettre de l'accouchement. Un rien la faisait pleurer, elle était irritable, fébrile, se sentait prisonnière d'elle-même. Un tressaillement intérieur, un ébranlement fondamental s'infiltra dans son corps vide. On ne voyait rien de l'extérieur, mais nuit et jour elle sentait ses organes vibrer sous sa peau. Un profond épuisement altéra son caractère, l'obscurité se fit en elle. Elle ne parvenait pas à se détendre. Elle craignait de regarder les montres, l'envolée des aiguilles sur le cadran l'angoissait. Elle n'avait pas d'appétit et elle transpirait beaucoup, sous les aisselles, sous les seins, une sueur âcre, salée, qui collait toujours ses vêtements à sa peau. Quand elle rentrait chez elle après s'être absentée peu de temps, elle avait l'impression de s'être trompée de maison. Face à un lac, à un étang, même face à une grosse flaque, ses pieds semblaient s'alourdir et elle pressentait à quel point il était aisé de sombrer, ses jambes de plomb l'entraînant inéluctablement vers le fond. Il lui était difficile de prendre des décisions ; d'un coup, elle ne distinguait plus le bon du mauvais, butait sur les attentes des autres, mais aussi et surtout sur les siennes. Cet amour sans bornes, divin, que l'on éprouvait pour un nouveau-né, et la fierté secrète d'avoir engendré et mis au monde un être unique firent bientôt place à un vague sentiment de vacuité. Elle ressentait un vide en elle qu'aucun dieu, aucune génération ne pouvait combler. Elle semblait trop lente pour tout, penser l'épuisait, elle ne parvenait plus à démêler l'écheveau déconcertant des causes et des effets, chaque explication la menait à un abîme. Elle se sentait morose, malade, et souffrait d'une fatigue réfractaire au sommeil. Elle avait toujours froid, avait l'hiver en elle. Elle n'éprouvait pas grand-chose, si ce n'est un sentiment de culpabilité. Elle avait honte de cette insurmontable fatigue, n'arrivait pas à se rendormir quand elle avait allaité la nuit, restait éveillée dans son lit et avait l'impression de ne plus jamais pouvoir guérir. C'étaient des nuits effroyables, traumatisantes, auxquelles seuls l'aube naissante et le réveil d'Emil mettaient fin. L'enfant semblait cligner des yeux rarement, il pleurait plus rarement encore, mais ses yeux s'ouvraient grand comme une lune qui croît. Elle craignait beaucoup de lui transmettre son désarroi, et de fait Emil était étonnamment calme et très peu enfant, presque replié sur lui-même, un petit homme qui souriait si peu que ceux qui se penchaient au-dessus de son petit lit pour l'égayer se relevaient souvent déçus.

Ni la famille éloignée ni les parents d'Alma ne comprenaient ce qui se passait et ils jetaient à la jeune mère des regards qui semblaient lui reprocher de ne pas éprouver de joie. Ils secouaient la tête d'un air réprobateur quand ils croyaient qu'elle ne les voyait pas, comme s'ils pensaient qu'Alma avait délibérément décidé d'être malheureuse. Ils l'accablaient de ces conseils que personne ne suit jamais et dont on pense ne pas avoir besoin soi-même. Ils lui conseillèrent ce que l'on préconise toujours aux gens tristes, ils lui conseillèrent de rire. Tandis que le père lui recommandait avec un regard soucieux de ne pas se mettre martel en tête, la mère se dépêchait de quitter la pièce avec l'enfant dans les bras, comme si elle pensait qu'il valait mieux l'éloigner d'Alma. Celle-ci ne tarda pas à sentir sa gorge se serrer en entendant la sonnette de l'entrée, car le moindre visiteur lui paraissait aussi envahissant que toute une armée et elle voyait déjà le petit appartement craquer sous l'affluence des hôtes. Ses parents se tenaient là et avaient toujours l'air désagréablement surpris par la taille de son domicile, mortifiés par son exiguïté, comme s'il était inconvenant pour quelqu'un ayant grandi dans une si grande maison d'habiter dans un endroit aussi modeste. Ils ne cessaient de ramasser ici ou là un objet tombé par terre, en remettaient un autre à sa place sur l'appui de la fenêtre, chaque geste étant d'une prévenance ostentatoire qui pouvait, si l'on n'y prenait garde, facilement passer pour de la suffisance. Ils ne voulaient que son bien, mais cela ne l'aidait guère. Rapidement, Alma proscrivit les visites, vexa parents, proches et amis, renvoya même Friedrich, et passa dorénavant l'après-midi, le nourrisson au sein, dans la cuisine aux stores à moitié baissés à regarder des heures entières par la fenêtre, suivant des yeux les jeux d'ombre et de lumière, les minutes qui s'écoulaient en accéléré, attendant que l'herbe pousse et recouvre les maisons du lotissement, les chemins, les promeneurs, les vivants et les morts. Les grands-parents étaient les seuls à qui elle rendait visite quand elle se sentait en état de supporter du monde. Elle se rendait alors à la maison du numéro 28 et pénétrait à l'improviste dans l'univers silencieux derrière la haie de thuyas. Elle abandonnait à l'entrée les histoires présentes et laissait celles du passé, que sa grand-mère continuait de raconter, envahir la vacuité de son être. Quand elle s'asseyait, elle veillait à ne pas exposer l'enfant à la fumée des cigarettes que la vieille dame fumait sans discontinuer, et elle grignotait les noix salées disposées dans des coupes en cristal sur la table basse. La grand-mère, enfoncée comme d'habitude dans un énorme fauteuil à oreilles, n'était pas le moins du monde touchée par la détresse dans le regard d'Alma, car le malheur ne l'impressionnait pas, et le bonheur, à son avis, n'était pas une chose due. Alma se livrait à l'obscurité, aussi bien extérieure qu'intérieure, se laissait aller à une somnolence creuse, libérée de l'obligation de lutter contre elle. Assise entre les chiens de berger, qui soit reniflaient les pieds humides de l'enfant, soit léchaient le bout de ses doigts pâles, elle somnolait sur sa chaise, écoutant d'une oreille le ronron de la voix de la grand-mère. Autant l'immuabilité des circonstances, des histoires et du lieu la déprimait autrefois, autant il lui plaisait à présent de n'y trouver aucun changement. Les récits de sa grand-mère faisaient naître des images qui miroitaient devant ses yeux, qui répétaient ces étranges scènes théâtrales qu'elle connaissait si bien, avec des acteurs qui ne vivaient plus, d'une époque révolue depuis longtemps. Comme de coutume, la grand-mère parlait de la cruauté des jeux de cow-boys et d'Indiens avec le même détachement que des atrocités des années de guerre, de celles que l'on avait commises soi-même comme de celles dont on avait été victime. Alma entendait parler d'enfances d'autrefois, de baisers échangés tout en haut d'un pommier entre les fruits de l'arbre, de petits délits, et plus tard des grands crimes, des affres de l'âge adulte qui perduraient au point de paraître ne jamais prendre fin. Elle entendait parler de maisons dont les murs s'écroulaient comme des châteaux de cartes. De méchants que l'on jugeait bons, simplement parce qu'ils portaient le bon chapeau. De l'euphorie de la guerre et d'un homme qui s'était volontairement noyé dans la baignoire, en entendant à la radio qu'il était perdu. D'une femme qui, des décennies plus tard, était toujours assise au salon, tournée vers la porte, pour pouvoir, au cas où elle s'ouvrirait, lever les yeux et dire à l'époux qui rentrait : « Ah, te voilà. » Et sans cesse, elle entendait parler d'un dieu et d'un frère défunt. De gens qui restaient dans leurs appartements cossus pendant que tombaient les bombes, et qui installaient leurs enfants en bas âge dans les vitrines à côté des vases et des verres en cristal, comme si une porte de buffet pouvait protéger tout ce qui est fragile. Elle entendait parler de jeunes gens, presque encore des enfants, qui avaient survécu à la mitraille et qu'une voiture avait écrasés à leur retour devant la maison de leurs parents. De cet instant, bien des années après le mariage de ses grands-parents, où la grand-mère avait entendu le grand-père, qui se croyait seul, parler en russe, sans savoir tout d'abord quelle était cette langue qui jaillissait de la bouche de son mari, comme s'il n'en avait jamais appris d'autre. La tristesse de la plupart de ces récits faisait du bien à Alma, ces vies inconnues la consolaient, elles représentaient une peine de substitution, un vague succédané de douleur qui la remuait. Elle berçait alors l'enfant dans ses bras, caressait la tête des chiens et se demandait parfois si ses grands-parents n'avaient fréquenté au cours de leur vie que des personnages malheureux et si eux-mêmes avaient jamais connu le bonheur.

Les rêves de guerre qui avaient disparu un temps revinrent avec les mauvaises nuits. C'étaient des rêves qui, dans la transparence des heures précoces de la journée, assaillaient son esprit et montaient leur mise en scène entre sommeil et veille. Elle rêvait, les yeux ouverts, un goût amer dans la bouche. Elle vivait avec des fantômes, sentait les longs bras et les mains blêmes de ces défunts inconnus sortir de terre, voyait des jaseurs des neiges dans les arbres, immobiles comme des oiseaux de mort, et des corneilles qui picoraient de la poudre à canon sur la terre froide. Elle voyait des personnages en cage qui chantaient comme des rossignols. Elle rêvait de paysages qui se métamorphosaient, érodés non par le vent et la pluie, mais par les pas d'hommes en marche. Elle voyait d'en haut des forêts, des champs et des clairières, des prés aux herbes écrasées par des bottes de soldats, et des milliers de traces de chaussures dans la boue grisâtre, qui se perdaient soit vers le nord, soit vers le sud. Elle voyait perdre l'un, gagner l'autre, voyait un homme que l'on enterrait dans le sol jusqu'aux épaules et dont la tête servait de cible pour un jeu de quilles mortel avec des boulets de canon, tandis que l'on posait sur la table du suivant une bouteille de bière remplie d'essence que l'on enflammait. Elle voyait des chiens squelettiques errer dans les rues de villes désertiques. Des enfants chétifs tirer les morts par le pan de leurs chemises ou de leurs habits pour quémander de la nourriture. Et de même qu'elle ne parvenait pas à s'endormir, elle ne parvenait pas à se libérer de ces scènes atroces, si bien que plus d'une fois Friedrich, réveillé par ses gémissements, se vit obligé de la secouer par les épaules pour la réveiller.

La nuit, Alma attendait le jour, mais dès le petit matin, elle comptait les heures jusqu'au soir. Les matinées étaient trop lumineuses, la lumière trop crue, les nuits étaient si sombres qu'elle perdait ses repères. Elle marchait à tout petits pas qui lui semblaient toujours un peu courts. Elle sillonnait le temps en titubant, persuadée qu'elle perdait toutes ses journées, toutes ses heures, qu'il n'existait aucun endroit sur terre où elle eût aimé se trouver, aucune personne avec laquelle elle eût aimé être. Ce n'est pas qu'elle eût souhaité mourir, elle semblait simplement avoir oublié comment vivre. Elle pensait aux jeux d'enfants d'autrefois, lointains, aurait aimé entendre quelqu'un compter à haute voix : un, deux, trois, quatre, cinq, voulait se cacher, voulait être sûre que quelqu'un la chercherait, quelqu'un qui la trouverait quand le temps imparti serait passé. Elle était obsédée par l'idée de se glisser hors de sa peau, hors d'elle-même, de l'enveloppe de ses bras, de ses jambes, de son visage, à l'instar de son grand-père qui avait abandonné à l'hiver russe ses orteils gelés. Elle souhaitait une psyché de rechange, qui supporterait mieux le monde, une prothèse d'identité qui lui permettrait de traverser ses journées d'un pas assuré. Elle pleurait souvent et se demandait si ses larmes étaient dues à une souffrance psychique ou si elles étaient en réalité causées par une douleur physique, car elle avait entendu dire que leur composition permettait d'en connaître l'origine, de savoir si elles étaient provoquées par une blessure de chair ou par un chagrin. Lorsque Friedrich était à la maison, il la soutenait par son calme et sa patience, non sans éprouver ce vague malaise qui s'installe quand on ne comprend pas pourquoi les meilleures intentions n'ont engendré que le pire. Habitué à ce que leur amour ait toujours été la solution à leurs problèmes, il était déçu tour à tour par lui-même et par Alma, que ce mécanisme semblait à présent laisser indifférente. Au sentiment d'affection vinrent s'ajouter le sentiment d'impuissance et un ennui usant, car assister quelqu'un dans sa peine est une tâche monotone et ingrate qui passe inaperçue à ses propres yeux et à ceux des autres. Parfois il aurait aimé secouer Alma pour en faire tomber quelque chose, lui rappeler son propre tourment, et quand la colère montait en lui, il serrait les poings dans ses poches ou se réfugiait sur le balcon pour inhaler profondément la fumée de sa cigarette, comme s'il voulait en remplir tout son corps et tous ses organes. Quand il partait en reportage, il la laissait souvent seule pendant des semaines. À son retour, il éprouvait le même sentiment de désarroi et de perplexité qu'à son départ. Pendant ce temps, Alma s'occupait de l'enfant du mieux qu'elle pouvait, avec un étrange sentiment de gêne et d'appréhension. Le long hiver se transforma en un printemps froid, où le soleil brillait rarement. Les gens étaient pâles et fatigués de l'hiver, êtres diaphanes dont les veines transparaissaient sous la peau comme si on leur avait passé des fils de laine rouge et bleue dans la chair. Quand Alma ne supportait plus la solitude, elle prenait Emil sous son manteau clair en poil de chameau, s'enveloppait avec l'enfant de plusieurs écharpes et quittait la maison, le lotissement, la rue, se promenait dans les champs aux abords de la ville sous les nuées morphiques des oiseaux, ou se rendait au petit musée d'histoire naturelle.

Le musée était un lieu où elle pouvait enfin respirer. Il était minuscule et peu fréquenté, mais les pièces exposées lui procuraient un sentiment de réconfort, les pierres, les plantes et les animaux inconnus derrière le verre des vitrines. Elle aimait lire des mots nouveaux sur les petits cartons, voir des créatures dont elle ignorait jusque-là les noms, et lire les cartes d'un monde longtemps inconnu des hommes. Ses pas résonnaient sur le parquet des salles qu'elle traversait, elle laissait ses empreintes sur les vitrines sales et emportait au bout de ses doigts les traces des autres, qu'elle déposait un peu plus loin. Très vite on en avait fait le tour. Quelques vitrines remplies d'insectes, où les papillons les plus gros dépassaient en taille les plus petits oiseaux, des armoires de minéraux avec des goethites, rondes et lisses comme des foies, des variétés de quartz, un aquarium, et un petit département sur la préhistoire. La plupart du temps, Emil dormait dans la chaleur du musée, et quand elle sentait ses jambes s'alourdir, elle s'asseyait sur une des chaises fatiguées que l'on trouvait dans un coin de chaque salle. Elle restait assise là des heures entières avec l'enfant, entre les animaux empaillés et les squelettes sous verre, les serpents dans les bocaux troubles et les pierres aussi limpides que s'il pleuvait à l'intérieur, elle restait assise là, comme si elle faisait partie des objets exposés. Quand Emil pleurait, elle lui prodiguait des consolations timides qui n'avaient pas le naturel si souvent observé chez d'autres mères dans la rue ou chez des amis. Quand quelqu'un lui adressait la parole, elle souriait pour se protéger et se dépêchait de continuer son chemin. La plupart du temps, elle était seule au musée, mais il lui arrivait de croiser des classes tapageuses, et une fois, elle vit une dame se pencher très bas sur des scarabées desséchés qui luisaient pareils à des gemmes, comme si elle se trouvait devant l'étalage d'un joaillier pour y choisir une paire de boucles d'oreilles, et recherchait deux pyrrhocores qui iraient bien ensemble.

D'autres jours, elle déambulait dans la ville, passait devant des maisons dont l'exiguïté l'oppressait dans la lumière aveuglante des premiers jours de printemps, elle traversait le parc, sans but et sans hâte, l'écharpe recouvrant sa bouche, l'enfant serré contre elle. Elle s'arrêtait parfois pour écouter brièvement le bruit des gens dans la rue, entendait téléphoner à sa banque un Noir vêtu d'un complet d'un blanc immaculé, le bras immobilisé dans un plâtre d'un blanc tout aussi immaculé, entendait les héroïnomanes exsangues lancer des suppliques à la drogue et une femme à l'arrêt d'autobus prier son compagnon de lui dire au moins une fois qu'il l'aimait, ne serait-ce que pour rire. Quand elle en avait de nouveau assez des gens, elle se reposait auprès des sculptures et des statues à proximité de l'étang à canards vidé de son eau, s'arrêtait devant les silhouettes muettes et observait leurs larges visages, où les oiseaux nichaient dans les bouches entrouvertes, entre les lèvres de pierre, s'envolant quand on s'en approchait trop. Elle fit vite connaissance avec tous ces personnages aux bras fracturés, aux yeux sans paupières que seule la pluie remplissait d'eau, et elle les enviait de supporter les pluies, les nuits, la lumière aveuglante du soleil avec une égale placidité. Elle passait de l'un à l'autre, mais ils restaient tout aussi indifférents au vide qui l'habitait, qu'ils soient compositeur, général, poétesse, qu'ils aient le nez effrité ou poli par des mains curieuses, le crâne surmonté de pigeons ou de moineaux. Elle s'imaginait voir des jeunes filles éméchées se glisser auprès des sculptures et les embrasser, une bouteille de vin rouge à la main. Il y en avait beaucoup dans ce parc, de ces êtres figés, une armée silencieuse, compagnons de la femme de Loth, réunis ici pour elle seule. Quand il fut plus grand, Emil aimait toucher leurs visages sans expression, et maintes fois Alma prit la main des personnages qui étaient encore en possession de leurs membres ; avec une certaine hésitation d'abord, elle glissait rapidement ses doigts froids dans les leurs, pour les retirer l'instant d'après.

Quand vint l'été, Alma préféra la piscine au musée. En semaine, c'était un lieu agréablement solitaire avec une pelouse presque vide, quelques personnes âgées assises sous les parasols de la terrasse et un ou deux élèves faisant l'école buissonnière, adolescents mélancoliques allongés tout en haut sur la plate-forme du plongeoir de dix mètres, qui observaient les avions et les oiseaux dérivant dans le vent, les bras croisés derrière la tête. Il y régnait une odeur de chlore et de béton chaud. Emil était allongé dans l'herbe, nu, ouvrait et fermait les poings, dépliant et repliant ses doigts sans discontinuer. Pour Alma, ses mains étaient un théâtre de marionnettes, chaque doigt un nain qui jouait sa vie. Elle observait ces mouvements des heures durant. Elle-même ne se déshabillait pas, tant elle se sentait mal dans son corps ; elle commença par remonter ses jambes de pantalon et retrousser ses manches et ce n'est qu'en automne qu'elle se sentit suffisamment à l'aise pour porter un maillot de bain d'un tissu épais, qui retenait son ventre encore flasque et dissimulait les vergetures qui le couvraient. Quand elle était à la piscine, elle ne faisait pas grand-chose, elle restait assise sur la pelouse, les doigts enfoncés dans la poussière sous l'herbe, comme si elle cherchait à prendre racine dans la terre desséchée de l'été, le visage dans le souffle chaud du vent. Elle étudiait les détails du monde et les détails de son corps. Elle observait les filles et les garçons qui, plus loin, se laissaient tomber de la plate-forme du plongeoir, les bras écartés comme des crucifiés, raides et droits, et penchée sur elle-même, elle observait les moucherons qui remontaient le long de ses cuisses entre les poils blanchis par le soleil. Et pourtant, le soleil chassait peu à peu l'obscurité intérieure, réchauffait ses mains toujours froides et rappelait quelque chose à son souvenir, qu'elle mit encore du temps à reconnaître.

Puis elle finit par se rendre compte que chaque semaine était plus facile que la précédente, et qu'elle ne craignait plus le tic-tac des montres. Il lui fallut encore un moment avant de pouvoir s'orienter dans la vie de tous les jours, se retrouver peu à peu en elle-même, différente de ce qu'elle avait été, mais suffisamment semblable pour pouvoir se reconnaître. Le matin, Friedrich portait l'enfant dans ses bras comme toujours, debout sur le linoléum à carreaux blancs et rouges de la cuisine, et les mésanges charbonnières continuaient comme toujours à les observer par la fenêtre, la tête penchée. Et pour la première fois depuis longtemps, elle regarda en arrière, les yeux grands ouverts.

7

Elle mit longtemps à s'habituer à l'idée qu'elle avait un enfant, et lorsqu'ils fêtèrent son deuxième anniversaire, elle s'étonnait encore de l'entendre l'appeler maman. Avec le temps, ils s'accoutumèrent bien l'un à l'autre, et autant les débuts avaient été difficiles, autant l'amour qui les réunit plus tard fut profond. Dès qu'il sut marcher, l'enfant calme qu'il avait été se transforma en garçon plein de vivacité avec de la terre sous les ongles, et il se sentait bien dans cet univers en bordure de ville, où, infatigable, en costume de superhéros fait maison, il batifolait souvent à la tête d'une bande d'enfants. Si certains avaient une poignée de voisins, ils en avaient, eux, des centaines dans le lotissement, dont des enfants de tous âges et de toutes tailles. Ils couraient, tombaient et repartaient en courant. Il lui fallait constamment de nouveaux pantalons et de nouveaux pull-overs, parce que les anciens étaient déchirés ou râpés, avec des trous aux coudes et aux genoux. L'architecture datait des années soixante-dix, les immeubles portaient des numéros et des lettres. Derrière chacune des nombreuses sonnettes se cachait une voix interrogatrice qui se fâchait quand on la sollicitait trop souvent. Pour les enfants, c'était là un monde immense, avec d'étage en étage des corridors à n'en plus finir, des portes innombrables, où il régnait une odeur de poudre à récurer, de savon noir et de fumée froide. Ils enfilaient sur leurs pieds nus les bottes et les pantoufles trop grandes déposées devant la porte, sans les faire tomber, comme s'il s'agissait d'un jeu d'adresse, et marchaient dans les pas d'inconnus, les bras écartés pour garder l'équilibre. Ils faisaient du vélo sur le parking, se faufilaient entre les voitures et roulaient à toute vitesse sur les chemins avec leurs rollers et leurs planches à roulettes. Ils grimpaient aux arbres ou sur les toits goudronnés des garages, se cachaient dans les chaufferies ou dans les conteneurs à papier pendant que l'un d'entre eux comptait les yeux fermés avant de partir les chercher. Dans leurs jeux, ils montaient les escaliers en courant, Emil toujours en tête, et celui qui était trop essoufflé prenait l'ascenseur puis observait les autres par-dessus la balustrade, jusqu'à ce qu'ils se retrouvent tous les uns à côté des autres, les jambes flageolantes et le souffle court, pour repartir aussitôt en trombe dans une autre direction.

La terrasse sur le toit était l'endroit préféré d'Emil. Les choses que les enfants, penchés sur la pointe des pieds par-dessus le parapet, jetaient d'en haut, leur paraissaient voler pendant une éternité. Ils crachaient par-dessus la balustrade, lançaient des pièces et des chewing-gums dans le vide, tandis que les avions en papier étaient emportés jusqu'à la rue ou restaient accrochés dans la cime des arbres, si bien que les habitants des étages inférieurs apercevaient souvent de petits avions blancs dans les branches à côté des oiseaux.

Quand les enfants en avaient assez de courir, ils se retrouvaient au terrain de jeux aux abords du lotissement. Sur un mur en béton, on pouvait lire *starting to disappear* et *the day we left earth*, maladroitement tagués avec des têtes de mort, des cœurs et des initiales enlacées. La peinture des portiques de jeu qui commençait à s'écailler adhérait à leurs paumes quand ils s'y accrochaient ; les copeaux rouges du toboggan, bleus du carrousel et verts du jeu d'escalade collaient à la peau jusqu'à ce que l'on s'en débarrasse avec de l'eau et du savon. Le bois des bascules laissait des échardes dans la peau et les chaînes des balançoires des taches de rouille quand il avait plu. Les enfants faisaient des concours de balançoire et montaient si haut que les vieilles dames derrière les rideaux des fenêtres craignaient qu'ils ne s'envolent dans le cosmos où ils dériveraient dans l'espace, petits hommes parmi les satellites, les sondes et les étoiles, et, dans la lumière du crépuscule, les fillettes plus âgées laissaient traîner à chaque élan leur chevelure dans la poussière, la tête penchée en arrière. Ils ne jouaient pas au ping-pong sur les tables en béton, mais s'amusaient à jouer aux équilibristes sur les lignes à moitié effacées qui en marquaient les bords, ou s'abritaient en dessous comme sous un toit quand les adultes les appelaient. Une cigarette au coin de la bouche, les adolescents faisaient des tractions sur la barre à tapis, se balançant, bras tendus, quand ils étaient à bout de forces. Les plus petits creusaient le sable, imités parfois par les chiens quand on ne les sifflait pas à temps. Jour après jour, une alcoolique en fauteuil roulant observait ce spectacle de banlieue. Quelques mères faisaient des gâteaux de sable qu'elles alignaient d'un air songeur au bord du bac à sable, tandis que d'autres photographiaient avec leurs téléphones les enfants qui préparaient des potions magiques en mélangeant de fausses fraises et de l'herbe sèche, ou de l'eau et de la terre. D'autres encore étaient assises là, le regard absent, avec, sur les genoux, des fleurs et des cailloux que leurs enfants avaient apportés puis oubliés. La pelouse était pelée et piétinée, sauf sous la volière, où les grains de tournesol qui étaient tombés avaient germé et donné naissance à des fleurs si hautes qu'elles atteignaient fin août le plancher en bois. Plus tard dans l'année, elles courbaient leurs têtes lourdes de graines que les enfants et les oiseaux picoraient par en dessous pour les grignoter, assis sur le sol. Il y avait un terrain de football, un peu bourbeux en été, gelé en hiver, où les grands fumaient, appuyés contre les poteaux des buts. Il n'y avait pas un endroit dans tout le lotissement où ils n'auraient pas allumé de cigarette, ils fumaient partout, même dans l'ascenseur, et quand un adulte ou le concierge y montait, ils cachaient leurs mégots derrière leur dos, de sorte que l'on voyait de la fumée s'élever derrière eux. Les adolescentes assises sur le mur en béton qui bordait le terrain de jeux balançaient les jambes, se laquaient les ongles, pâles et absentes, et leur air ensommeillé exerçait une certaine attirance sur ceux qui les regardaient trop longtemps. Les filles se prenaient dans les bras, avec tendresse et indolence ; alors que certaines ne cherchaient encore qu'à partager leur solitude, d'autres y trouvaient déjà un substitut aux gestes de l'amour. Assises en rang d'oignons, elles observaient le terrain de jeux et surveillaient leurs téléphones, incarnation même de la jeunesse d'une bourgade endormie, raffolant de cigarettes en chewing-gum et de Chesterfield, groupe de nymphettes et parfois de très jeunes mères aux seins meurtris et au sexe carnivore, qui se jetaient sur tous ceux qui leur témoignaient la moindre gentillesse.

Quand Emil jouait dehors sur le terrain de jeux, la terrasse du toit ou les toits des garages, il avait pour consigne de rentrer à chaque heure pleine pour qu'Alma puisse s'assurer qu'il allait bien et qu'il ne lui était rien arrivé. Tu es tombé, tu as sauté, tu as bousculé quelqu'un, voilà les questions qu'elle lui adressait en guise de salut. Une montre bien trop grande au poignet, il se tenait au garde-à-vous, droit comme la grande aiguille quand elle indique midi, se laissant examiner et palper pour que sa mère puisse vérifier qu'il était entier. Cela faisait longtemps qu'ils étaient habitués à ce rituel à heures fixes. Le corps d'Emil ne fonctionnait pas comme celui de tout le monde, car il contrevenait à la règle la plus fondamentale, la loi selon laquelle l'histoire de l'homme est une histoire de la douleur. Emil ne la ressentait pas. Une mutation génétique l'avait éteinte, comme on éteint une lumière. Les récepteurs de la douleur n'étaient pas à même de réagir et le rendaient insensible à toute douleur physique. Il ne sentait ni les égratignures superficielles ni les profondes entailles, il n'avait jamais mal au ventre, il ne ressentait pas les brûlures, il ne percevait ni la rugosité des écorchures ni la douleur impalpable des maux de tête. Le corps d'Emil ne l'alarmait pas, ne le punissait pas, ne le protégeait pas, parce qu'il ignorait la vulnérabilité de la chair, qu'il ne comprenait pas la cause qui était à l'origine du mal. Il ressentait bien les effleurements et les stimuli, et comme tous les enfants, il aimait qu'on le caresse, il faisait la différence entre grossièreté et délicatesse, percevait sans difficulté la pression ou la température, mais il était insensible à tout ce qui franchissait le seuil de la douleur. Un membre désarticulé lui révélait une fracture, un frottement l'informait d'un dommage dans la mécanique d'une articulation, il voyait le sang couler, voyait les ecchymoses, mais ne sentait rien. On aurait pu lui couper un bras ou une jambe, le coucher sur une table d'opération et lui ouvrir le ventre sans anesthésie, Emil se serait regardé avec horreur, mais n'aurait rien senti. C'était comme si son corps était affecté d'un mutisme qui l'empêchait de parler des choses graves. Il n'avait pas accès au savoir inhérent à toute douleur, il ignorait ce qu'elle révélait du monde et de soi-même. Pour lui, la douleur était une absence. Quand Alma et Friedrich lui demandaient ce qu'était la douleur, il répondait : C'est la chose dont je ne sais rien.

Pour la plupart de ceux à qui la nature avait joué le même tour, le diagnostic arrivait trop tard, car il est plus difficile de découvrir la fâcheuse absence d'un phénomène que d'en constater la présence, et cette mutation génétique était un symptôme particulièrement rare. L'insensibilité était à la fois un jeu de chance et de malchance. Les rares individus venus au monde avec cette déficience mouraient souvent jeunes d'une appendicite, sans avoir jamais esquissé la moindre grimace de douleur ; ils sautaient – par bravade, pour faire un numéro d'acrobate – de toits de plus en plus hauts contre de l'argent, jusqu'à ce qu'ils s'écrasent au sol pour ne plus se relever. Ils en arrivaient presque à croire qu'ils pouvaient voler, ils traversaient des feux de camp, se transformaient en pelotes à épingles humaines, se transperçaient les mains avec des poignards, se faisaient crucifier les bras étendus, luttaient dans des clubs de combat clandestins et vivaient comme s'ils avaient dupé les lois de l'évolution. Les uns périssaient, surpris par une silencieuse explosion dans leurs entrailles, les autres succombaient à grand bruit, d'un coup, victimes d'une expérience, d'une négligence, mais tous, étonnés, ne voyaient leur fin qu'au dernier moment. Rien dans leur vie ne les préparait à la mort, rien ne les avertissait de leur finitude, aucun signal ne les appelait à la prudence. Ils n'avaient pas la douleur pour leur montrer la voie, pour les réguler, pour dicter à leur corps la peur et une conscience des limites, et c'est ainsi que les insensibles, les transgresseurs mouraient sans plainte, sans récrimination, muets et ébahis, et se cassaient comme des objets dont on n'avait pas assez pris soin.

Emil avait eu de la chance, il avait survécu à son enfance ; il ne s'en était pas tiré indemne, mais avec des cicatrices suffisamment insignifiantes pour ne pas l'empêcher de grandir. Les parents avaient longtemps imputé à la dépression postnatale d'Alma le fait qu'Emil ne pleure pas, et plus tard, ils avaient cru à un trait de caractère, jusqu'à ce que les nombreuses visites médicales, les divers examens et les tests génétiques aient conforté les vagues hypothèses du début, confirmant que tout simplement il n'éprouvait pas de douleur qui aurait pu le faire pleurer. Au cours des premières années, Emil se mordait la langue jusqu'au sang, la nuit dans ses rêves, et il était obligé de porter des lunettes de plongée pour qu'il ne se griffe pas les yeux quand il les frottait sans discontinuer dans son sommeil. Alma les lui mettait tous les soirs en grande cérémonie, comme si elles faisaient partie d'un équipement très particulier, destiné à le protéger contre les inquiétudes de l'obscurité, comme si elles faisaient partie du bagage d'un héros. Elle lui racontait des histoires d'aventure dont les protagonistes, armés d'épées et de lunettes de plongée, partaient se battre contre des moulins à vent et des monstres, des contes qu'elle avait inventés, regorgeant d'étranges casse-cou et de lunettes encore plus insolites, et qu'elle dessinait scène après scène dans un carnet qu'ils avaient pris l'habitude de feuilleter le soir avant le coucher.

À neuf ans, Emil avait le corps d'un vétéran de guerre, recouvert d'égratignures et de cicatrices, et un dossier médical gros comme un annuaire téléphonique, mais il ne lui était rien arrivé de grave. On lui avait enlevé l'appendice par mesure de précaution. Malgré les nombreuses fractures, il se tenait droit, seul le bras gauche était un peu tordu à cause d'une fracture que l'on avait diagnostiquée trop tard. L'album photo familial montrait qu'il avait grandi, emmailloté dans des bandes de gaze, des pansements et des plâtres ; Emil tendait, hilare, ses sparadraps vers la caméra, regardait l'objectif plein de dignité malgré ses yeux au beurre noir, levait comme un boxeur victorieux ses bras bandés. Un enfant-roi fier, libéré du fardeau de la douleur dans le monde étroit de l'enfance, un squelette à l'ossature raccommodée, un Homme de douleurs au visage radieux. D'un air intéressé, il tenait ses mains ensanglantées sous le nez de ses parents et demandait : Maman, ça fait mal, ça ? Il traversa son enfance en trébuchant et en tombant, et aucune mauvaise expérience ne pouvait lui épargner la suivante. Il cherchait la douleur dans chaque millimètre de son être, voulait la débusquer, comme si elle sommeillait, pareille à un animal, dans les recoins les plus reculés de ses organes. Il était curieux de son corps et le soumettait à toutes sortes d'expériences. Il était intrigué par sa propre enveloppe et ses fonctions, fasciné par le sang, il enfonçait ses ongles profondément dans toutes les couches de la peau jusqu'à l'os et plus loin encore, pour aller au fond des choses. Quand personne ne le regardait, il posait la main sur la plaque brûlante de la cuisinière pour s'amuser à regarder les cloques pousser sur le bout de ses doigts qui picotait un peu. Quand Friedrich repassait, il posait discrètement ses mains à côté des manches de chemise, pour voir si le fer chuintant les aplatirait et les lisserait comme le tissu. Il arrivait dans le salon avec un genou aussi enflé et courbé qu'un tuyau de vidange, un marteau à la main. Il traversait une porte vitrée dans une pluie de débris, impassible comme si de rien n'était, même quand le sang lui coulait sur le visage et gouttait de ses doigts. Et pour impressionner les filles et les garçons plus âgés du lotissement, il s'était enfoncé un stylo dans le biceps si profondément qu'il était resté planté dans la chair. Il gagnait tous les paris qu'imaginaient les enfants, en particulier les concours organisés dans un coin au fond du terrain de jeux, où l'on déclarait vainqueur celui qui se laissait frapper le plus fort au visage et où on se renvoyait des pièces de monnaie en les faisant sauter d'une chiquenaude, jusqu'à ce que quelqu'un abandonne parce que le bout de ses doigts écorché lui faisait trop mal. Les autres considéraient Emil avec défiance, le prenant d'abord pour un menteur, puis pour un escroc, plus tard pour Superman, pour finir par faire de lui leur héros extraterrestre. Ils imaginaient pour lui les défis les plus extraordinaires et Alma passait son temps à déjouer les plus stupides et à soigner les suites de ceux qu'elle n'avait pas pu empêcher.

L'incapacité d'Emil à percevoir la douleur mettait ses parents face à des défis de taille, y compris en ce qui concernait le langage. Comment lui faire comprendre ce que voulaient dire des expressions comme *se torturer*, *blesser quelqu'un par des mots*, ou ce que cela signifiait quand quelqu'un disait au cours d'une conversation *tu m'as fait mal*. Comment enseigner la douleur, comment expliquer un sentiment qu'il lui était impossible d'expérimenter, comment décrire un mal qui ne se manifesterait jamais ? Qu'était la chair, quand elle était incapable de souffrir ? Alma et Friedrich se réjouissaient de la moindre petite blessure apparente, de la moindre égratignure, du moindre bleu, parce que les blessures bénignes rendaient le danger visible. Leur hantise, c'était la menace invisible, viscérale, dissimulée au plus profond des organes, qui resterait insoupçonnée jusqu'à ce qu'il soit trop tard. Ils tentèrent tous les deux de se substituer à l'enfant, de penser et d'anticiper avec leur propre connaissance du corps, de mettre en mots les signaux d'avertissement que l'organisme de leur fils était incapable de donner. Ils s'entraînèrent avec lui à reconnaître la fonction de la douleur, réfléchirent à des règles et des mesures de sécurité, et comprirent qu'il leur fallait aussi protéger Emil des dangers de la vie quotidienne. Les choses les plus inoffensives, les plus bénignes, pouvaient occasionner des dégâts quand on en faisait mauvais usage. Ainsi fallait-il sans cesse rappeler à Emil de ne pas sortir à mains nues la plaque brûlante du four avec les pâtisseries de Noël, et de patienter quelques minutes devant une soupe fumante avant de la manger, même quand on était affamé, de se laver uniquement à l'eau tiède, ni trop chaude ni trop froide, de ne pas plonger les bras dans les flammes pour en retirer quelque chose qui y était tombé par mégarde. Ils lui rappelaient que l'on pouvait avoir des ampoules et s'écorcher les pieds dans des chaussures neuves ; que l'on ne devait pas se taper la tête contre le mur quand on était en colère, recourber les doigts en arrière jusqu'à ce qu'ils craquent pour faire l'intéressant, récolter des applaudissements ou un regard incrédule. Ils devaient lui rappeler que le corps avait des limites et qu'il était d'une fragilité intrinsèque qu'il fallait protéger. Petit à petit, il se mit à comprendre, mais le plus difficile fut de lui apprendre que l'automutilation n'était pas un tour de passe-passe, ni une prouesse permettant d'impressionner les autres, que ce n'était pas un spectacle exotique, ni pour soi ni pour les autres.

Ils examinaient Emil tous les soirs comme un animal destiné à la vente. Ils le palpaient de haut en bas, regardaient s'il avait un poignet enflé ou s'il avait un clou enfoncé dans le pied. Ils contrôlaient son corps pour vérifier s'il était intact en suivant un protocole très précis, pour être sûrs de ne rien oublier, et étaient à la recherche du moindre défaut, de la moindre anomalie, de la moindre lésion. Ils connaissaient chaque os et chaque tendon, tout ce que l'on pouvait voir sur un individu de l'extérieur. Ils comptaient les côtes de l'enfant, suivaient du doigt leur courbure, connaissaient chaque creux, chaque irrégularité sur et sous la peau. Ils examinaient l'intérieur de sa gorge et de ses oreilles, regardaient sous sa langue comme on regarde sous un tapis, et auraient aimé voir plus loin encore jusque dans son ventre, jusqu'aux viscères, au foie, au cœur. Emil les laissait procéder à ces inspections non sans impatience, et depuis sa plus tendre enfance, il avait l'impression que son corps ne lui appartenait pas complètement, que ses parents avaient étrangement des droits sur lui. Alma et Friedrich eux-mêmes trouvaient souvent déplacé, voire impoli de ne laisser à leur fils aucun espace secret, d'accéder avec autant d'impudeur à un corps qui n'était pas le leur. C'était une proximité nécessaire que personne ne remettait en question, qui leur était souvent pénible, et dont ils ne savaient pas certains jours qui elle faisait souffrir le plus, de celui qui l'imposait ou de celui qui la subissait.

Il leur fallut un sang-froid sans pareil pour ne pas devenir fous ou céder à la tentation de devenir comme ces parents insupportables qui jugent que les dangers inéluctables de l'existence nécessitent de la réduire à une somme d'interdits. Ils se gardaient mutuellement de tout alarmisme et de toute paranoïa et s'encourageaient mutuellement à rester sereins, conscients du fait qu'il était impossible d'exercer un contrôle sur le monde. Bien qu'ils eussent éduqué Emil à la prudence, ils voulaient à tout prix éviter que celle-ci ne se transforme en peur de la vie. Et ils se demandaient souvent comment apprendre à un enfant à être humain quand il ignore tout de la vulnérabilité. Comment susciter son empathie quand il ne sait pas combien une douleur peut être grande. Le soir, assis à la table de la cuisine devant un verre de vin ou d'alcool de genièvre, ils se demandaient à quel point la vulnérabilité et le pressentiment de la mort qui lui était inhérente faisaient d'un individu un être humain. Et si on était en mesure d'aimer quand on ne les connaissait pas.

Au fil des années, Emil commença à apprendre les formes d'expression de la douleur, à défaut de la douleur elle-même. C'était le mimétisme de celui qui ne connaît pas la souffrance. Il reproduisait les gestes ce ceux qui se faisaient mal, observait ses camarades de jeu et imitait leurs visages déformés par la douleur et leurs cris le soir devant le miroir. Il reliait les blessures et les bobos à certaines réactions, savait grossièrement ce qui correspondait à quoi, qu'un genou écorché exigeait que l'on s'exclame *aïe* et qu'il convenait de faire une grimace quand on se cognait à la porte. S'il tombait d'un escalier, il se mettait à pleurer comme un comédien, toujours avec une seconde de retard pour observer les réactions de son entourage, mais ses larmes avaient déjà disparu au battement de cils suivant. Il apprit les réponses adaptées à chaque situation et répondait, dès lors qu'on lui demandait s'il s'était fait mal, en hochant frénétiquement la tête et avec une grande fierté *un peu*. Il comprit bien vite que la douleur était importante et rendait important, qu'elle attirait l'attention des gens, qu'elle les réunissait, et pourtant il avait du mal à déterminer le niveau de souffrance des personnes qu'il ne connaissait pas. Quand les autres enfants, ses amis ou le vieux voisin allaient mal, il les regardait d'un air tantôt intéressé, tantôt perplexe, mais toujours d'un air distant, et il lui arrivait de mésestimer sa force lors de querelles anodines ou de bagarres enjouées dans la cour et de frapper si fort qu'il faisait mal aux autres enfants sans le vouloir, car il n'était freiné ni par l'expérience ni par la crainte. Mais parce qu'il connaissait trop bien le sentiment de mélancolie et le désespoir – la mort d'un animal domestique, une parole blessante –, Alma lui expliqua qu'il devait s'imaginer la douleur comme une sorte de tristesse du corps, comme un chagrin d'amour des mains, des bras et des jambes. Le soir, il était souvent assis sur le sofa en velours et se demandait avec sa mère à quel point quelque chose faisait mal à quelqu'un. Il jugeait du degré de souffrance dans des scénarios qu'Alma imaginait pour lui, réfléchissait avec intensité, cherchait dans sa tête à faire une évaluation de la douleur, donnait des réponses au petit bonheur la chance, et ses estimations de l'étendue du malheur étaient alternativement trop grandes ou trop petites. Elle lui posait des colles sur les maladies et les accidents, lui donnait des devinettes à résoudre sur la fragilité de l'être humain ; elle demandait : Comment va un petit garçon qui se cogne la tête à un rebord de table, et comment va une petite fille qui tombe du toit du garage ? Qu'est-ce qui arrive à un homme touché par une balle ? Est-ce qu'un coup de coude fait plus mal que de tirer les cheveux à quelqu'un ? Est-il plus grave de se couper le bras avec une tronçonneuse ou de courir les jambes nues à travers un champ d'orties ? Est-il plus dangereux de sauter d'une chaise de cuisine ou du haut d'un pommier ? Entre une claque et un coup dans les reins, qu'est-ce qui provoquera le plus de séquelles ? La seule énigme qu'elle garda provisoirement pour elle était celle de savoir s'il était plus douloureux d'avoir les os ou le cœur brisé. Ils apprirent tous les deux que la douleur était une question de personne, parfois de culture. Alma avait lu que, pour les Cubains, les douleurs dentaires et les contractions étaient ce qu'il y avait de pire, qu'une tribu de montagne aux Philippines redoutait plus que tout les morsures de chien et le mal de tête, et que les médecins allemands s'accordaient à dire qu'il n'y avait rien de plus douloureux qu'une crise cardiaque ou qu'une colique néphrétique. Ensemble, Emil et Alma comparaient les engelures et les cloques, la fièvre et les bleus, découvraient les crampes d'estomac et les nausées, les coupures et les égratignures, la rougeole et la coqueluche, parlaient d'éclats de verre et de fers à repasser, de lourdes pierres et d'objets pointus, d'aiguilles qui piquaient le bout des doigts, et de crayons plantés dans l'œil. C'était un catalogue des blessures visibles et invisibles qu'ils compulsaient. Pour les maux secrets dont on pouvait être affecté, dissimulés sous la surface du corps de la peau, ils s'aidaient de livres et de dictionnaires médicaux avec des coupes transversales qui permettaient à Emil de regarder dans le corps humain, le montraient comme une créature peuplée de formes et de choses étranges qui pouvait attraper Dieu sait quelles maladies dans l'obscurité. Le simple fait d'y penser fatiguait Emil. Tout pouvait faire mal, même ce que l'on ne voyait pas. Le labyrinthe de l'intestin, les poumons, le foie posé comme une pierre, même les fibres musculaires qui, ainsi qu'il sembla à Emil, étaient cousues autour de l'homme comme un costume, et le serpent en os de la colonne vertébrale, qui lui permettait de se tenir droit. Perdu dans ses pensées, il faisait des marques au crayon de couleur sur les planches anatomiques, comme s'il voulait garder à l'esprit que la douleur pouvait également se loger là, et bien souvent il s'endormait ensuite dans les bras de sa mère, submergé de fatigue. Alma aussi se sentait à fleur de peau et épuisée après ces jeux de devinettes, comme si le fait de parler de la douleur suffisait à la provoquer et à l'inoculer, et comme s'il fallait d'abord qu'elle s'en remette.

La chambre d'enfant était petite, remplie d'autocollants de foot, de figurines de super-héros et de peluches, mais en lieu et place de posters, les murs clairs étaient ornés de radiographies. Ses propres os décoraient la pièce et Emil aimait les clichés aux rayons X de ses douleurs invisibles et non ressenties. Pour chacune d'entre elles il se rappelait à quelle occasion elle avait été faite, comme s'il s'agissait de souvenirs de vacances. Elles étaient sa mémoire délocalisée de la douleur. Alma avait commencé à les coller aux murs pour qu'il n'oublie pas de faire attention à ses os, même s'il ne les voyait et sentait pas, et bientôt, son mur s'était transformé en un véritable album. Chaque fracture racontait l'histoire d'un événement particulier, de quelque chose de plaisant ou d'une frayeur, du trajet familier en voiture en direction de l'hôpital qu'ils faisaient parfois par simple précaution, parfois par nécessité. Ils préféraient faire le trajet une fois de trop que pas assez, car chaque fracture que l'on ne détectait pas pouvait mener les os à prendre, en grandissant, les formes les plus étranges, ainsi que l'avaient expliqué les médecins, et Emil, si l'on n'y prenait garde, pouvait se transformer en vieillard ou en infirme, et traverser son enfance avec un déambulateur ou même en fauteuil roulant, le dos tordu et une jambe raccourcie. Des radiographies du péroné, de la cheville, de la mâchoire et du bassin remplissaient la chambre d'enfant, rappelant l'ossuaire de Sedlec, une main blanche aux doigts écartés sur la porte de l'armoire semblait faire un signe à qui se trouvait dans la pièce, un crâne accroché à côté de la petite épicerie en bois semblait enjoindre en silence de regarder à gauche. Avant d'aller au lit, Alma et Emil se tenaient souvent dans la pièce comme dans un musée, regardant les images de son anatomie comme on contemple un tableau. Ils étudiaient les lignes fracturées et celles qui s'étaient ressoudées, les parties sombres et les parties claires, les nuances laiteuses. Ils contemplaient Emil de l'intérieur. C'étaient des portraits intimes, le plan complet de construction d'un enfant, un échafaudage humain fantomatique de l'articulation des orteils jusqu'à la calotte crânienne, accroché aux murs de la chambre. Alma s'étonnait souvent que l'on puisse être aussi vulnérable et malgré tout tenir debout. Parfois son enfant lui semblait cassant, fragile, presque de verre, puis, à l'inverse, d'une force répulsive et énergétique qui l'étonnait elle-même. Tous les soirs, quand Emil s'était endormi, elle se tenait, fatiguée, devant le lit de son fils, le regardait dormir et suivait du regard les contours de son corps sous la couverture pour s'assurer encore une fois de son intégrité. Il émanait de lui quelque chose de curieusement robuste, et un sentiment de tendresse irritant s'emparait d'elle dans cet ossuaire de radiographies, auquel il fallait qu'elle se réhabitue à chaque fois. Puis elle sortait de la chambre d'Emil, dépourvue de veilleuse, mais où ses os luisaient dans le noir.

Alma aimait le sommeil, elle lui était reconnaissante, parce que son fils y était en sécurité. C'étaient les heures les moins dangereuses de la journée. Un temps seulement Emil souffrit de peurs nocturnes, comme c'est souvent le cas chez les petits. Il se réveillait alors au mauvais moment d'un sommeil profond, les pupilles dilatées, avec une énergie explosive, sa chemisette trempée de sueur froide, se débattant, affolé, sans reconnaître ses parents qui avaient accouru. Il frappait autour de lui au hasard, enfant tombé hors de la nuit, sans repère, sans rêve, la peau bleuie de peur. Il ne distinguait que des formes morphiques, des géométries embrouillées, et dans son effroi, il hurlait à Alma qui le secouait qu'elle était un triangle, un cercle, une boule, et ils tremblaient ensemble, Emil submergé par l'horreur de la solitude, et Alma bouleversée par le fait de ne pas être reconnue. Et tandis qu'Emil avait tout oublié le lendemain matin, Alma était hantée des jours durant par un sentiment de malaise qui allait au-delà de l'horreur de la nuit.

Défiant l'adversité, les parents d'Emil s'efforçaient de lui offrir une vie normale. Alma et Friedrich apprenaient tous les jours comment ils devaient gérer leur fils, et au début, ils distribuaient dans l'immeuble, au moment des assemblées semestrielles de copropriété, des tracts pour que chacun sache ce qu'il avait à faire s'il trouvait Emil avec une blessure visible ou en train de faire une bêtise qui pouvait mal se terminer. La plupart des voisins et des habitants, partagés entre intérêt et irritation, essayaient toujours de faire ce qu'il fallait, mais gardaient leurs distances, tandis que les enfants, qui étaient eux-mêmes en mue perpétuelle, ne s'offusquaient pas de cette différence et se montraient d'une curiosité sans complexe. Si différents qu'ils fussent, ils grandissaient quand même ensemble, et s'ils partageaient rarement les mêmes maladies infantiles, ils souffraient tous des douleurs invisibles de la croissance qui se faisaient sentir quand non seulement le corps, mais aussi l'être humain qu'il renfermait grandissait brusquement. Alma faisait des encoches dans l'écorce des arbres à côté du manège quand la ribambelle d'enfants s'y retrouvait au printemps et se mettait en rang pour se faire mesurer en plein air. Des enfants secs et musclés, d'abord pâles après l'hiver, puis hâlés après la saison chaude. Quand l'été s'achevait, ceux qui étaient partis en vacances ou étaient allés rendre visite à des parents revenaient plus grands et avec un air différent, quelques centimètres en plus et un nouveau visage, parfois grave, parfois hautain, amaigris par la croissance de sorte que l'on distinguait leurs côtes à travers leur T-shirt, et des cernes sous les yeux. Quand ils étaient tous de retour, ils se dévisageaient mutuellement, demandaient à Emil de leur montrer ses nouvelles cicatrices et se mettaient debout à côté des encoches d'Alma pour voir s'ils les avaient dépassées et s'ils s'étaient dépassés eux-mêmes. Emil passait tous les étés à la maison ; ils ne partaient jamais loin, n'osaient pas faire un séjour plus long ailleurs, parce qu'ils voulaient être à proximité des médecins et des hôpitaux qu'ils connaissaient s'il arrivait quelque chose. Chaque année, il était assis avec Alma sur la terrasse du toit sur un vieux tapis persan et sous un parasol, une Game Boy ou une BD en main, un goût d'Esquimau glacé sur la langue ou, s'il l'avait déjà sucé entièrement, un goût de bois. L'homme à la prothèse de l'étage au-dessus du leur s'allongeait sur le transat à côté d'eux, bronzait de plus en plus d'année en année, et seule sa jambe artificielle restait toujours pâle. Des mères avec leurs enfants gravissaient les marches pour prendre des bains de soleil, installant les petits dans des bassines à linge et des seaux remplis d'eau dans lesquels, assises sur le sol réchauffé par le soleil, elles plongeaient aussi leurs mains. Parfois ils allaient à la piscine, comme Alma dans sa période la plus sombre, et Emil sautait si souvent du plongeoir de dix mètres qu'Alma, qui était assise au bord du bassin, avait les mains froides de nervosité, malgré la chaleur.

Ils ne partaient pas en vacances, mais faisaient beaucoup de petites excursions. Ils faisaient des promenades, des parties de campagne et des virées dans les environs, prenaient la voiture pour aller dans les forêts qu'Alma et Friedrich avaient parcourues au début de leur amour, restaient à proximité de leur ville et rebroussaient chemin quand Friedrich avait l'impression que la distance devenait trop grande. Ils visitaient des musées et passaient du temps dans les cafés, mais ce qu'Emil aimait par-dessus tout, c'étaient les églises. Lors de leurs explorations de lieux de culte qu'ils ne connaissaient pas encore, il marchait, les yeux écarquillés, parmi les rangées de colonnes, envoûté par les images sombres de la Passion. L'homme triste à qui il arrivait les choses les plus étranges le préoccupait. Il contemplait attentivement le corps nu et martyrisé du Christ, le Couronnement d'épines et la Montée au calvaire, la Flagellation et la Crucifixion, s'intéressait particulièrement aux scènes où le sang coulait le long du corps de ce personnage qui avait toujours le regard tourné vers le ciel. À la façon dont on lui brisait les pieds pour qu'ils ne soutiennent plus son corps rendu ainsi plus vulnérable à la pesanteur, dont on lui ouvrait le flanc avec une lance, comme si l'on voulait voir ce qui s'y cachait. Ce qui se passait dans ces tableaux était mal, cela, il en avait bien conscience, et c'était douloureux, cela, il le devinait, on le lui avait appris, il le reconnaissait au regard sombre. Il regardait avec recueillement l'Homme de douleurs, il lui était totalement étranger, et pourtant il n'arrivait pas à détourner le regard. Parfois Friedrich le soulevait pour qu'il puisse mieux voir, et répondait longuement à toutes ses questions. Emil réfléchissait et pointait du doigt les tableaux du Christ qui représentaient des scènes de violence tout en disant :

Ça, ça fait mal, et ça, ça fait mal, et ça, ça fait mal, et il le disait aussi pour la dernière image, où l'on voyait le corps redevenu intact monter au ciel, comme s'il pressentait les souffrances de la divinité.

Il n'était pas seulement fasciné par le Christ et les martyrs criblés de flèches au regard impassible, mais aussi par les super-héros et les créatures fabuleuses, les robots et les humains avec des prothèses, tous ceux dont le corps sortait de la norme et qui avaient quelque chose de spécial. Il adorait leurs histoires, se sentait parfois proche d'eux, comme s'ils faisaient secrètement partie d'une communauté d'infortune à laquelle n'avaient pas accès les êtres ordinaires. Il ne faisait pas de distinction entre Darkman et le voisin de l'étage supérieur qui bronzait en été sur la terrasse du toit avec sa jambe artificielle, luisante d'huile solaire. Le fait qu'il doive porter aussi en lui des corps étrangers pour que ses fractures osseuses complexes puissent se refermer correctement l'avait toujours un peu perturbé. Il lui était même arrivé de se sentir incomplet sans ces renforts artificiels. On lui avait mis puis retiré des plaques en métal, des fils en acier et des clous en titane, des vis fixaient son ossature, guidaient les os qui grandissaient et se ressoudaient dans ce corps en pleine croissance. Il semblait parfois à Alma qu'il était un petit transhumain contre son gré, quand son regard passait des radiographies à lui, aux modifications de son corps, à son plâtre, au fixateur externe, aux vis en titane qui venaient le compléter, comme si l'absence de douleur laissait des vides que seuls des matériaux extérieurs, anorganiques, pouvaient combler.

Il avait cela en commun avec son grand-père, à qui l'on avait implanté – après la guerre, mais bien avant qu'il ne fût un vieil homme – une prothèse à bille, des valves cardiaques en métal de Johnson & Johnson, pour pallier les déficiences de l'organe, les insuffisances de son cœur. Et Alma avait toujours trouvé logique que celui-ci ait été affaibli d'avoir participé à des choses terribles, d'avoir battu dans la poitrine d'un agresseur et d'une victime, et que le grand-père ait besoin pour continuer de vivre de quelque chose de mécanique en lui, qui soutienne son cœur telle une béquille. Une partie de lui s'était brisée, était devenue étrangère et l'était restée. C'est pourquoi quelque chose en elle se soulevait et la faisait frissonner quand, à l'occasion des fêtes de famille, les proches reconnaissaient dans le visage d'Emil celui du grand-père. Cette prétendue ressemblance était difficile à supporter. Qu'Emil pût être pareil au vieil homme de quelque manière que ce soit, au mutique, au soldat, au meurtrier, au prisonnier, la mettait mal à l'aise, et toute impulsion violente, aussi inoffensive qu'elle fût, tout élan agressif propre à l'enfance, un poing serré, la remplissait d'inquiétude, car elle croyait y reconnaître l'héritage familial et en Emil un enfant de l'expiation, de la culpabilité. C'est lors de la première fête de famille, après le diagnostic qui avait fait de la douleur le centre autour duquel tournait toute leur vie, qu'elle entendit pour la première fois qu'Emil ressemblait quand même beaucoup au grand-père. Elle repensait souvent à ce jour. Tout avait été nouveau. Avec le sentiment étrange d'être à la fois la mère et l'enfant de quelqu'un, elle avait été placée à table entre ses parents, Emil dans les bras. La main derrière laquelle on se cachait pour faire des messes basses était celle-là même avec laquelle on leur tapait sur l'épaule, à elle et à Friedrich. Mais l'heure avançant, l'ambiance bascula et devint capricieuse et agitée, et différents membres de la famille se mirent à pincer le petit garçon à la dérobée, si fort que sa peau devint rouge, et Friedrich repoussa un oncle qui, ivre, avait tiré les cheveux d'Emil en guise de test, jusqu'à ce qu'il lui reste une touffe entre les doigts. Ils tiraillaient Emil de tous les côtés et le touchaient toujours un peu trop brutalement pour voir s'il ne finirait pas par pleurer et si toute cette histoire n'était qu'un mensonge, ou en tout cas une exagération. Toute la journée, l'enfant, le visage impassible, était passé de main en main, avait été assis sur les genoux des uns puis des autres, et ils l'avaient tous examiné aussi précisément que possible. Ce n'est que le soir, lorsque Emil, fatigué de l'attention dont il avait été l'objet, voulut courir se réfugier dans les bras d'Alma et qu'il tomba, se cognant durement la tête sur le sol, mais sans montrer aucun signe de douleur, que la famille réunie se mit à croire que son corps ne fonctionnait pas d'après les règles établies. Contrairement à ce qui avait cours dans d'autres familles, il ne devait pas faire semblant d'être heureux et normal, mais faire semblant d'avoir mal.

Quand Alma rendait visite aux grands-parents avec Emil, le cosmos de souffrance des uns semblait étrangement entrer en collision avec l'univers d'invulnérabilité de l'autre. Le petit garçon traversait la maison figée tel un tourbillon, courait à travers ce couloir des choses anciennes comme s'il faisait un voyage dans le passé, et rien ne lui faisait mal. Ce n'était pas chose facile de réconcilier l'histoire de la souffrance et du dépérissement des deux vieillards avec l'incapacité de l'enfant à comprendre toute douleur. Alma devait sans cesse l'exhorter à faire attention pour qu'il soit délicat avec la vieille femme, et souvent elle devait expliquer à la grand-mère que l'absence de douleur n'était pas une bénédiction, même si dans ses mauvais jours c'était son vœu le plus cher. Les aînés et leur plus jeune descendant étaient aux antipodes, les figures antithétiques de l'histoire familiale, l'une étant la conséquence de l'autre. Le grand-père et Emil se faisaient face, double reflet du temps, l'un jeune, l'autre vieux, pleins de pièces détachées à l'intérieur, de vis qui leur permettaient de tenir, avec un cœur défaillant.

8

Le grand-père mourut tel qu'Alma l'avait connu, mutique, sans exprimer de dernier souhait ni prononcer de dernières paroles. D'aucune maladie en particulier, simplement de l'âge, sans en faire toute une histoire. Dans les semaines et les jours précédant sa mort, il ne prononça ni aveux ultimes ni témoignages d'amour. Il se déroba en silence. Son hiver intérieur prit entièrement possession de lui, rendant son corps plus pâle et plus froid chaque jour, et il suffisait de toucher sa main pour frissonner. Les couvertures dans lesquelles on l'enveloppait ne suffisaient pas à le réchauffer. Son corps se transforma, devint rabougri et humide ; les lèvres grises, il était assis dans le fauteuil rembourré du salon, soutenu par des coussins, parce qu'il ne voulait pas mourir au lit, mais aussi droit que possible. Il aurait bien aimé s'effondrer simplement dans une rue déserte au crépuscule, au cours d'une promenade avec les chiens grisonnants, comme frappé par une balle, et heurter de tout son long le sol, se recroqueviller, sans devoir se préparer au néant. Tout comme sa vie, sa mort ne s'était pas passée comme prévu. Il disparut de la surface de la terre, décharné et indifférent à la faim et à la soif, mais en émettant des râles à chaque respiration. Le silence fut la dernière chose qu'ils échangèrent. Lorsqu'il mourut, un match de football passait à la télévision dont on avait coupé le son, et chaque fois que le regard d'Alma se tournait vers l'écran et les silhouettes courant après le ballon, elle pensait : Grand-père, ils ne jouent que pour toi. Et ils perdirent quand même ; bien que l'équipe adverse eût écopé d'un carton rouge et que son équipe eût joué avec un joueur de plus, ils ne gagnèrent pas. Mais cela, le vieil homme ne le voyait déjà plus. Elle se tenait devant lui avec la grand-mère, ne sachant comment se montrer proche, et inapte aux adieux, et regardait dans ses yeux voilés qui, d'heure en heure, réagissaient moins à la lumière, comme s'ils s'étaient déjà habitués à l'obscurité, jusqu'à ce qu'il les fermât de plus en plus souvent, jusqu'à ce qu'il ne les ouvrît plus et qu'elles le perdent au grand sommeil, lui l'éternel fatigué, l'éternel frileux. Le pouls, d'abord rapide et faible, s'évanouit. Les chiens dormaient à ses pieds, leurs truffes touchant les coutures de son pantalon. Puis la mue s'accomplit avec succès, il était passé de vivant à mort, dépouillé de son destin. Elles s'étonnaient de sa mort, de ce changement infime, à peine visible, de ce qui avait été familier, et il fallut laisser passer plusieurs minutes avant qu'elles ne soient prêtes à commencer à le reconnaître. Personne n'osait quitter la pièce, car elles ne voulaient pas laisser le corps seul, elles ne supportaient pas l'idée qu'il puisse rester assis là sans compagnie, ne serait-ce que l'espace de quelques secondes, dans cette ultime vulnérabilité. À la tristesse d'un côté, grande et simple, se mêla de l'autre le soulagement. Elles pleurèrent ensemble un court instant, puis se servirent un verre de Napoléon de la crédence de la salle à manger et allumèrent une cigarette, car elles sentaient que faire de grandes cérémonies pour les morts était vain, tout comme d'ailleurs pour les vivants.

Trois jours plus tard, la grand-mère se tira une balle dans la tête avec un revolver de petit calibre. C'était une mort soigneusement préparée, librement choisie, vers quatre heures du matin, quand les insomniaques, dans leur lit, traquent leur mortalité et écoutent chanter les premiers oiseaux, yeux et fenêtres fermés. On la trouva allongée par terre, les bras largement écartés sur un tapis Boukhara pas beaucoup plus grand qu'elle, une housse de coussin sur la tête. C'était une dignité sombre et voilée, comme si elle était morte pour une histoire de fantômes, et les deux chiens de berger étaient assis l'un à sa gauche, l'autre à sa droite, comme des lions montant la garde. La maison était rangée jusque dans les moindres recoins, et sur les vitrines, les tableaux et les lampes étaient collées des notices avec le nom de la personne à qui était destiné chaque objet. Toutes les pièces étaient remplies de ces vignettes, chaque chose était attribuée à un nouveau propriétaire, comme s'il n'y avait rien de plus dangereux que de n'appartenir à personne. À chaque courant d'air, un bruissement traversait les pièces, et si l'on ouvrait une porte trop rapidement, quelques petits papiers se détachaient et tombaient par terre comme des feuilles mortes. Certains meubles avaient été rapprochés, et Alma se demanda si la perspective de sa mort prochaine ou de sa vie finissante avait permis à cette femme malade de trouver la force nécessaire pour déplacer les lourdes commodes et les pendules. La porcelaine sans valeur avait été cassée, les armoires étaient vidées, les vêtements entassés dans des sacs-poubelle noirs placés devant les portes ouvertes. Les documents importants et les albums photo avaient été soigneusement empilés sur le bureau, Alma y chercha en vain une lettre, une carte, un mot d'adieu. Mais la nuit, elle vit la grand-mère en rêve, grande prêtresse heureuse aux yeux fermés et à la coupe au carré, enfouie profondément sous la terre du jardin, debout entre les racines et les pierres, bras écartés, comme si elle était une croix.

La proximité entre elle et les grands-parents avait été une proximité d'habitude, une affection née du fait d'être exposés les uns aux autres, un amour lointain comme un réflexe, indépendant de la biographie ou du caractère. On ne s'accordait ni le pardon ni la grâce, mais on vivait ensemble sous un même toit ou son illusion. Pour Alma, l'implication du grand-père dans la guerre et ses crimes avaient rendu difficile, étrange et coupable toute forme d'affection, qui n'était pas inexistante pour autant. Il avait joué un rôle dans les scènes interprétées dans la maison familiale, il avait fait partie de son enfance, avait été le sujet de ses questionnements d'adolescente et continuait de faire partie de sa vie d'adulte encore en quête de réponses. Alma pensait souvent que parfois même les choses les plus terribles n'empêchaient pas que quelqu'un puisse vous manquer. Alors que la violence était simple, ses conséquences étaient compliquées et inextricables, et souvent on n'apprenait que lorsqu'il était trop tard et que l'habitude l'avait déjà depuis longtemps emporté que des personnes dont on était proche n'étaient pas aussi bonnes que l'on croyait. Friedrich avait du mal à comprendre et quand il lui demandait parfois pourquoi elle ne prenait pas ses distances et ne coupait pas avec tout ce passé et cette famille, comme si elle se rendait rétroactivement coupable des mêmes fautes, elle répondait toujours en haussant les épaules qu'il arrivait que l'on doive aussi faire allégeance aux contradictions.

La mort des grands-parents apparut à Alma comme une partie de dominos abrégée à l'extrême. Ils tombèrent comme les pièces de ce jeu, d'abord l'un, puis l'autre, et voilà que la partie était déjà terminée. D'une manière un peu bizarre, Alma y était préparée. Elle savait que la peur et l'impact de la perte se mesuraient à l'idée que l'on se faisait de leur disparition. C'est pourquoi elle s'était exercée à cette mort des années durant, elle s'était imaginé un monde sans eux, avait éprouvé leur absence dans sa vie, pour, une fois que l'heure aurait sonné, ne pas être surprise par la douleur. Comme pour s'entraîner, elle avait extrait les deux vieilles personnes de la réalité, d'abord de la ville, puis de la maison et de la cuisine, et enfin des chaises sur lesquelles elles étaient assises quand leur petite-fille venait leur rendre visite. Extrait du calendrier, des années et des semaines à venir, des anniversaires et des jours fériés, de tous les événements que l'on aime partager et de ceux que l'on pense ne pas pouvoir supporter seul, pour comprendre l'intransigeance d'un adieu définitif avant même qu'il n'advienne. Alma avait effacé le refuge caché par la haie de thuyas et conçu le modèle d'un monde de l'absence. Elle avait chassé de ses pensées la peau fine des doigts de la grand-mère et ses cigarettes extra-longues. Le goût du cognac Napoléon et l'odeur du thé à la menthe. La pluie discrète des morceaux de sucre du grand-père et l'espace familier que lui offraient les récits de douleur de la grand-mère. L'applaudissement mortel du grand-père quand il écrasait les mouches en été. Avait fait disparaître leurs yeux comme on cache une bille dans la poche de son pantalon, avait démantelé leur corps membre après membre pour les reléguer dans les plus profonds recoins de son cerveau, sans oublier les ombres, jusqu'à ce qu'il ne restât plus rien de leur silhouette. Puis elle s'exerça à s'y retrouver dans ce monde lacunaire, dans ce monde imaginaire privé de ces deux êtres. Et les essais semblaient avoir fonctionné, car lorsque l'heure fut venue et qu'ils eurent vraiment disparu, Alma resta calme et impassible, sans être intimidée par l'éternel, sans être intimidée par sa propre douleur, mais impressionnée par l'effet du revolver à petit calibre.

Vient un jour où les années pendant lesquelles personne ne meurt sont terminées, où les enterrements ne sont plus quelque chose de nouveau, mais font partie des devoirs réguliers de chaque adulte normal et de chaque enfant triste. Vient un jour où l'on est assez grand pour porter un manteau réservé aux funérailles, des chaussures noires étroites et des mouchoirs en tissu. Vient un jour où l'on est assez grand pour choisir la couronne, le cercueil, l'urne. Les grands-parents voulaient être enterrés et tomber dans l'insatiable terre du cimetière pour rejoindre le dieu espéré et le dieu perdu. Aux pompes funèbres Alma se tenait à côté de la mère et lisait, pour ne pas voir son visage éploré, ne pas voir les cadres en verre disant que l'on pouvait aussi faire presser les cendres du défunt en diamant ou envoyer sept grammes du mort dans l'espace avec une fusée. Et cela lui fit de la peine de ne pas pouvoir les porter sur un anneau à son doigt ou comme pendentif autour de son cou, ou de ne pas pouvoir, la nuit, lever le regard vers l'espace avec la certitude qu'il y avait là-haut deux capsules qui dérivaient entre les astres, astronautes éternels de poussière en miniature. Elle pensa à sa propre mort et au fait qu'elle ne voulait être ni enterrée ni incinérée, ne pas être réduite en poussière ni transformée en terre, et elle ne voulait pas non plus que des insectes remontent le long de ses veines à travers son corps. Elle préférait être dévorée par un grand animal sauvage, déchiquetée et avalée par un requin gigantesque, un ours, un lion, un dinosaure, ou couler au fond de l'océan après avoir été rongée jusqu'aux os par une multitude de petits poissons.

Alma se souvint de l'enterrement comme d'une liturgie organique, une suite d'images et de sons, de détails qui n'avaient rien à voir les uns avec les autres. Les prières et les conjurations demandant que les morts puissent retourner vers Dieu ne semblaient rien de plus que des formules magiques à Alma, qui savait que le grand-père avait perdu Dieu pendant la guerre par sa faute à lui et celle des autres aussi. Être rappelé vers quelqu'un en qui l'on ne croyait pas, elle trouvait ça un peu facile, même si cela avait été le souhait de la grand-mère. L'assemblée en deuil répétait les prières en murmurant, se levait et se rasseyait, à l'exception de ceux qui étaient si fatigués qu'ils restaient toujours assis. Il y avait les réponses psalmodiées aux prières d'intercession et un oncle qui hurlait les *Amen* et dont le *Seigneur, écoute-nous* ressemblait à un cri de guerre, fort et agressif, qu'il prononçait parfois un peu trop tôt, parce qu'il entendait mal. Alma était assise dans la rangée du fond et fixait les cercueils placés côte à côte comme des vases communicants, leur partie inférieure reliée par des fleurs, et elle frissonnait intérieurement, comme si de l'eau froide coulait à travers sa moelle épinière, comme si tous ses os étaient des tuyaux remplis d'eau glacée, et elle regretta que jeter les bouquets de fleurs par-dessus son épaule pour voir qui serait le prochain à mourir ne soit pas une coutume funèbre. Lorsqu'elle se rappela, plus tard, la journée de l'enterrement, elle pensa à l'odeur d'encens, aux lourds pétales blancs qui se détachaient des couronnes et qui tombaient par terre au rythme des prières. Elle pensa à cet éternel moment d'incertitude, ne sachant quand il fallait se lever ou s'asseoir à l'église. À la sensation de froid sous les pieds. À l'échine courbée de sa mère, qui se tenait habituellement toujours bien droite, pendant qu'elle s'agenouillait pour la prière. Aux cloches qui sonnaient et aux pièces qui tintaient. À la rangée de têtes, chacune avec une coiffure différente et une couleur de cheveux différente. Aux parents qui s'empressaient de sortir de l'église quand leurs nouveau-nés se mettaient à pleurer. Aux enfants au regard vitreux, ceux qui étaient déjà plus grands, et ceux qui étaient encore petits, ignorants, indifférents et ennuyés, faisant de la gymnastique sur les bancs de l'église, mais qui finissaient par être gagnés par la tristesse ambiante, de sorte qu'ils se mettaient eux aussi à pleurer, sans savoir pourquoi, sans deviner pour qui. À la fille qui jouait avec les grains de beauté sur le front d'un vieil homme en les touchant du doigt comme si elle appuyait sur un bouton. À la main froide d'Emil et à celle, chaude, de Friedrich dans les siennes. Elle se rappela le temps qu'il faisait, lumière grise et aveuglante qui brûlait les yeux lorsqu'ils longèrent l'enceinte du cimetière, petite procession vêtue de noir, faite de silence et des premiers potins. Et le fait que le grand-père était un jour parti avec la terre du pays natal dans les poches de son manteau et qu'à présent elle leur jetait cette terre, à lui et à la grand-mère, dans la tombe, sans espoir que quelqu'un revienne.

La maison au numéro 28 était d'un vide insupportable après le passage de la grande Faucheuse : non seulement ses habitants manquaient, mais les histoires et les souvenirs qui l'avaient habitée avaient aussi disparu. Seuls restaient les odeurs suaves et enfumées et les objets. La maison revint à la mère d'Alma, les petits mots écrits en caractères gothiques par la grand-mère réglaient les questions de succession relatives aux objets encombrants et aux meubles, mais les babioles que l'on amassait au cours d'une vie se cachaient dans les tiroirs. Alma passait des heures à les fouiller, à retourner des passeports périmés depuis longtemps et des lettres d'amour, des cartes postales et des livres de chansons, des faire-part de mariage avec les photos pâlies de couples, elle trouva des mèches de cheveux dans des enveloppes, une tresse entière de femme, elle exhuma des cadeaux qu'elle avait bricolés pour ses grands-parents et découvrit avec frayeur sa propre écriture sur des cartes d'anniversaire. Elle garda certaines lettres, les photos et quelques objets pratiques, une bouteille de shampoing encore fermée et quelques tubes de dentifrice trouvés dans la salle de bains, et c'est ainsi que durant des mois, chaque fois qu'elle se brossait les dents, elle pensait aux grands-parents et se recueillait trois fois par jour devant le miroir, petites cérémonies commémoratives au goût de menthe.

Les grands-parents emportèrent dans la tombe les récits de vie, les questions d'enfants et les réponses d'adultes, ils gisaient sous terre avec leur destin, mais laissaient derrière eux leurs ombres. Tout ne finit pas avec la mort. Alma se demanda si leur décès abolissait les accords tacites de la famille, si le devoir de silence pour les descendants et sa mère avait expiré, si elle allait trahir ses propres parents et si les mises en scène du quotidien allaient changer. Le chagrin réveillait en Alma le besoin de parler. Le soir, quand Friedrich et Emil étaient au lit, elle menait des conversations avec elle-même, des conversations avec son cabinet de fantômes, elle ne les écoutait plus mais les noyait dans un flot de paroles, maintenant qu'ils ne pouvaient plus se défendre. Elle était assise dans la petite cuisine et réfléchissait à ces deux existences qui avaient étrangement influencé la sienne, de manière visible et invisible. Elle essayait d'éviter l'erreur du regard rétrospectif car avec l'âge elle avait compris qu'il était vain de vouloir dérouler la biographie de quelqu'un en commençant par la fin. Quand on regardait en arrière en connaissant déjà la fin, chaque événement, chaque décision semblait logique et inéluctable. C'est pourquoi elle commença par le début et avança en tâtonnant le long de ces existences, voyageant dans le temps en suivant la chronologie, elle pensa tour à tour aux années de son grand-père et à celles de sa grand-mère, aux détails et aux événements dont elle avait connaissance, compris entre le moment de leur naissance et celui de leur mort, et toujours elle butait sur la guerre, qui divisait le temps en un avant et un après. Bien qu'elle eût entendu tous les récits de la grand-mère, des pires aux plus beaux, des centaines de fois, il lui arriva ce qui arrive à tous ceux qui ont perdu quelqu'un. Elle fut saisie par le sentiment qu'elle n'aurait jamais de réponses à des questions qui lui étaient venues bien trop tard.

Le chagrin qui s'installa à la suite du décès des grands-parents était une émotion sauvage, puissante et inédite, qui s'empara d'Alma de l'intérieur et contre lequel aucune préparation ni aucun entraînement n'aurait pu la prémunir. Tous les rituels lui semblaient insuffisants, toutes les coutumes trop faibles pour sa puissance. Dieu ne pouvait rien faire pour elle, pleurer n'était bientôt plus un exutoire satisfaisant, et les allées des cimetières l'ennuyaient, même si elle avait une bouteille de Napoléon en poche pour porter un toast aux défunts, levant haut son verre, de sorte qu'elle finit par abandonner ces mises en scène solennelles. Elle se rendit successivement sur tous les lieux qu'elle reliait aux grands-parents, la tonnelle des parents sous laquelle elle s'était trompée en comptant les orteils du grand-père, l'auberge qui accueillait les fêtes de famille, le petit village pas loin de la ville où la grand-mère était née, et l'immeuble haut comme une tour où elle avait travaillé comme sténodactylo. Elle marcha jusqu'à la chapelle où ils s'étaient mariés, visita le local de danse transformé en magasin d'articles sanitaires, et elle se retrouvait régulièrement devant la porte verrouillée du jardin de la maison vide, comme si elle attendait qu'elle s'ouvre par magie. Elle choisissait les lieux menant au passé, équivalents concrets des récits qu'elle avait entendus, points d'ancrage du monde présent, elle parcourait la topographie de leur existence. Quand elle en eut fini avec les lieux qui étaient à proximité, elle se mit à explorer ceux qui étaient plus éloignés. Elle alla voir un lac ou un sommet de montagne mentionnés dans un des récits, partit pour un week-end au bord de la mer, décor de ces fameuses premières vacances dans le Sud sous un figuier, souvenir évoqué par les photos jaunies sur la commode du salon. Elle devint avide des espaces de cette vie menée à son terme, elle commença à rêver d'aller plus loin, toujours plus loin, plus loin dans le passé et plus loin vers l'est, jusque dans la guerre, jusque dans la captivité du grand-père, jusque dans la steppe kazakhe. Alma se mit à être obsédée par la pensée de tout reconstruire du début à la fin, de marcher sur les pas de son grand-père, de combler les lacunes et de dévoiler les mensonges. L'appel du lointain se fit pressant, comme si elle avait des oiseaux migrateurs sous la peau. Elle savait que c'était un souhait disproportionné et démesuré, un voyage dans le temps impossible, mais cela ne la dérangeait pas. Elle en avait assez de la sédentarité, assez de l'appartement qui rétrécissait autour d'elle au fil des années, de l'étroitesse de ses journées, elle voulait partir à la poursuite de ce qui disparaissait.

Cela lui prit des mois pour convaincre Friedrich de son idée. Il disait qu'elle était folle, la démarche seule lui paraissait déjà aberrante, et il finit par invoquer l'inquiétude que leur donnait l'enfant pour expliquer son refus. Ce n'est que lorsqu'un projet professionnel qui devait le mener à proximité des régions et des contrées dont Alma parlait jour et nuit commença à devenir plus concret qu'il écouta ses propositions jusqu'au bout. Si, au début, il avait considéré le projet d'Alma d'entreprendre un voyage vers le lieu où son grand-père avait été prisonnier de guerre comme la folle chasse au trésor d'un adulte, il comprit peu à peu l'importance qu'avait ce passé pour elle. Ses grands-parents à lui étaient morts depuis longtemps et ne lui avaient rien légué de plus qu'une petite tristesse qui lui suffisait. Il n'avait pas posé de questions et ne voulait rien savoir, et lorsqu'ils moururent, il avait presque été soulagé que leurs histoires aient disparu avec eux. Quand le magazine pour lequel il travaillait lui proposa de faire une grande série photo sur des bâtiments abandonnés et des friches industrielles dans les pays de l'Est, de l'Ukraine jusqu'en Azerbaïdjan, il accepta et se dit que, quitte à partir aussi loin, il pouvait bien pousser jusqu'au Kazakhstan d'Alma.

Alma se prépara. Quand elle ne travaillait pas, ne jouait pas avec Emil ou n'était pas dans la salle d'attente d'un médecin ou d'un hôpital, elle se plongeait dans les livres d'histoire et les forums sur internet. Elle lut d'innombrables magazines de voyage et de publications spécialisées, compulsa des milliers d'entrées de journaux intimes de témoins de l'époque, découpa des articles à l'aide de grands ciseaux qu'elle tenait dans ses mains froides, assise la nuit à la table de la cuisine, et elle ne manquait aucune émission télévisée ayant pour sujet la Seconde Guerre mondiale, quelque tardive que fût l'heure à laquelle elle passait. Plus que tout, c'étaient les scènes de retour au pays dans les documentaires qui lui serraient le cœur. Les proches, debout sur les quais, qui tantôt tenaient contre leur poitrine dans un geste protecteur, tantôt brandissaient en l'air des photos fatiguées de jeunes hommes. Des femmes qui arrachaient les nouveaux arrivants à leurs embrassades et les saisissaient au col pour leur demander d'une voix forte s'ils n'avaient pas vu leur enfant, leur Johann, leur Karl, leur Franz. Ceux qui revenaient jour après jour à la gare simplement pour pleurer, comme s'ils n'avaient pas d'autre lieu pour le faire, un bouquet de fleurs des champs à la main, composé de vipérines. Parmi ceux qui étaient revenus, certains avaient sur eux ce qui avait failli leur coûter la vie, et ils portaient, attachés à une ficelle autour du cou, l'éclat d'obus qui les avait atteints à l'épaule ou la balle qui les avait touchés à la poitrine. Elle était étrangement émue par les visages subjugués de ces hommes qui descendaient des trains pour être accueillis par une foule houleuse de gens qui souhaitaient désespérément que l'on fût celui dont ils se languissaient depuis si longtemps ou celui qu'ils avaient déjà abandonné tout espoir de revoir. Dans chaque inconnu, ils espéraient identifier le fils, le frère, le mari, et s'ils ne le voyaient pas, ils espéraient qu'il avait tellement changé qu'on aurait pu le manquer. Et il est vrai que de nombreux jeunes hommes revinrent en vieillards, grisonnants comme leurs parents, des silhouettes au corps nouveau et au visage différent, aux yeux vides, aux manches vides et aux jambes de pantalon vides, et dont on ne reconnaissait que le nom. Dans chaque scène, Alma cherchait à repérer ceux qui avaient le rare bonheur de se retrouver. On les distinguait à la lenteur, à l'hésitation qui s'emparaient d'eux, au bref instant d'incrédulité pour ce beau moment qui leur était donné de vivre.

La nuit, elle étudiait, la tête penchée, les cartes et les pays qu'ils allaient traverser. L'itinéraire décrivait un large arc de cercle, commençait devant la maison et s'arrêtait au Kazakhstan. Ils traverseraient la Hongrie pour aller dans la partie de l'Ukraine qui avait été épargnée par les affrontements armés, puis passeraient par la Roumanie, la Bulgarie, et en Turquie ils laisseraient derrière eux l'Europe pour se frayer un chemin vers l'Asie centrale en passant par la Géorgie et l'Azerbaïdjan. Dans chaque pays, Friedrich devrait prendre des photos d'immeubles abandonnés un peu particuliers qui perduraient dans le paysage, raconter avec sa caméra l'histoire d'un déclin, faire des photos sur papier glacé de lieux qui n'étaient plus habités par des hommes, mais seulement par le temps. Quand il aurait fini son travail, ils pourraient continuer leur route vers le Kazakhstan. Cela ne la dérangeait pas de devoir faire un immense détour pour aller au camp où son grand-père avait passé plusieurs années comme prisonnier de guerre, car elle savait que lorsque l'on voyageait sur les traces du passé les routes en ligne droite n'existaient pas et seuls les crochets, les hasards et les directions contraires augmentaient la probabilité d'arriver à destination. Friedrich serait à la recherche de ruines et Alma du grand-père. La guerre avait été partout, ils ne pouvaient pas la manquer.

Ils préparèrent longuement ce voyage, tard la nuit, quand Emil dormait et qu'ils étaient déjà si fatigués qu'ils avaient du mal à s'imaginer les distances dont ils parlaient. Ils buvaient pour ne pas se disputer, mais se disputaient quand même tout en continuant à boire, du vin rouge et du genièvre, en fonction de l'heure, en fonction du jour. Rien ne semblait plus improbable à Alma, qui restait toute la journée à la maison avec l'enfant, que de partir loin, dans des endroits dont elle pouvait à peine prononcer le nom et qui étaient représentés sur la carte par de petits points. Il semblait absurde qu'une ville, ou ne serait-ce qu'un village, puisse prendre place sous un signe si minuscule. Et qu'un écran soit en mesure de représenter quelque chose d'aussi démesuré que le monde, carrément insensé. Rares étaient les proches et les amis qui comprenaient le sens et la nécessité de ce voyage, et certains d'entre eux ne comprenaient même pas le fait de partir en soi, car pourquoi partait-on, quand on pouvait tout aussi bien rester, lui avait demandé le voisin du dessous, le jour où ils partirent enfin dans leur vieille voiture, en secouant la tête sans attendre de réponse.

9

Il y avait presque autant d'églises que de maisons en Galicie, leur semblait-il, et la somme à laquelle Emil arrivait en les dénombrant, assis sur la banquette arrière, ne cessait d'augmenter. Dieu était le voisin de tout le monde et le pays encore marqué par la désolation de l'hiver, brun et humide. Un petit soleil pâle luisait dans le ciel. Un froid venu de loin s'était installé sur les champs. Ils traversèrent des régions pauvres où personne ne possédait grand-chose, mais où, dans chaque jardin, une Vierge Marie avait été plantée dans le sol entre les tiges de haricot et les piles de bois de chauffage, veillant silencieusement sur les prés. Où qu'on aille, des Vierges au manteau ou des Madones solennelles étaient adossées aux clôtures et aux remises, et une fois, alors que tombait le soir, ils remarquèrent une silhouette féminine dans une cape bleue qui se balançait légèrement dans le vent, suspendue à la branche d'un pommier.

C'était un printemps froid. Les forêts devenaient si sombres dans la nuit que l'on n'apercevait pas un tronc, pas une feuille, mais un tout indivisible, qui défilait à gauche et à droite des vitres de la voiture. Ce n'est qu'au petit jour que le monde au bord de la route redevenait visible. On se réveillait doucement dans des paysages toujours changeants, dont on avait manqué le début, et l'on dormait parfois déjà lorsque s'opérait la transition vers le prochain. Dans le flou d'un sommeil léger, le monde tournait autour du dormeur, et quand on s'arrêtait, il était nouveau, changé, s'était converti de lui-même. Alma et Friedrich ne consultaient ni leur montre ni le calendrier. La lumière était l'unité de mesure de ce voyage, les jours se succédaient entre les deux obscurités du matin et du soir, et parfois il ne s'arrêtait qu'une fois minuit passé depuis longtemps.

Les nuits, ils dormaient tous les trois dans la voiture, blottis les uns contre les autres sous un tas de couvertures, sur la banquette arrière transformée en couchette, l'enfant au milieu, sur un vieux tapis d'Orient hérité de la grand-mère et dont les poils courts et durs grattaient les bras quand on se retournait. Les affaires de toilette étaient accrochées dans une trousse au rétroviseur, et les brosses à dents étaient rangées dans un renfoncement derrière le volant. Le matin, Alma écartait comme des rideaux les chemises et les pull-overs coincés dans les fenêtres embuées, pour regarder dehors. Il n'y avait rien, hormis le sable du sommeil dans les yeux et un paysage inconnu. Ils passaient leurs nuits dans des endroits déserts, loin des villes et des villages, cherchaient à la fin de la journée un endroit que l'on ne pouvait pas voir de la route, protégé d'un côté, ouvert sur le paysage de l'autre. Les matinées étaient toujours froides. Ils se dégourdissaient les jambes dans les champs de chaume givrés et les prés gelés, parcouraient quelques mètres sur la terre durcie en redressant le dos. Chair de poule et bonbons acidulés collant au palais, tel était le menu du réveil. Le vent coupant et froid du petit matin faisait rougir la peau rêche du visage qui pelait tellement que l'on pouvait ensuite détacher des tempes de petits lambeaux que l'on jetait par la fenêtre entrouverte. Le souffle devenait buée. Tous les matins, pendant que le café et l'eau pour les œufs chauffaient sur le réchaud à gaz, Alma observait son mari, qui, appuyé contre la voiture, les mains enfoncées dans les poches de son manteau, soufflait des ronds de fumée dans l'air tandis qu'Emil, creusant les joues, tentait de l'imiter avec son haleine chaude d'enfant.

Les routes ukrainiennes étaient en mauvais état et tellement défoncées que, disait-on, quiconque roulait droit devait être ivre. Des routes impraticables, longées d'interminables rangées de pylônes électriques de guingois, d'églises en bois et de forêts qui rendaient le présent perméable au passé. Les plaques commémoratives que l'on voyait ici et là se transformaient en pensées, et le souvenir de ce qui était arrivé jadis venait se superposer aux images de la réalité présente comme si le temps avait laissé une fissure dans le monde. Chaque forêt qu'ils traversaient rappelait à Alma la forêt de Bronicki. Elle voyait des milliers de personnes, les voyait debout entre les arbres, leur valise à la main, debout entre les troncs frêles qui se courbaient dans le vent comme s'ils n'étaient que des herbes hautes. Quand elle en parlait à Friedrich, évoquant le sol jonché de corps de femmes, d'hommes et d'enfants, il écoutait d'un air plus réprobateur qu'intéressé, comme s'il trouvait de mauvais goût d'imaginer aussi crûment toutes ces terribles choses et de faire revenir le passé. Quand ils s'arrêtaient près de monuments aux morts, il étudiait, tenant Emil par la main, les panneaux et les écriteaux tandis qu'Alma vérifiait, méfiante, si l'on ne pouvait pas déchiffrer l'histoire dans l'herbe ou sur les arbres. C'étaient souvent des endroits tranquilles et isolés, beaux, si l'on avait pu faire abstraction de ce qui s'y était déroulé. Alma se demandait alors s'il fallait leur en vouloir ou leur être reconnaissant de pouvoir ignorer leur passé et de ne pas être le reflet ostensible des choses anciennes. Car seul le regard intérieur superposait la connaissance à l'image, déchiffrant la biographie du paysage et ses palimpsestes géologiques, la poussière, les ossements, les ombres et les munitions.

Alma se souvint qu'elle avait visité Auschwitz avec sa classe, par un jour pluvieux d'hiver où tout avait été trop et pas assez à la fois, où les passagers d'innombrables autocars se pressaient sous les parapluies, occupant toute la place dont on aurait eu besoin pour au moins tenter de se mettre en retrait, de voir, de comprendre. Elle se souvenait de l'odeur de chewing-gum et de l'ennui fébrile de ses camarades. Des jolies petites forêts en bordure du camp. De ce vague sentiment d'incrédulité enfantine, qui lui avait fait se demander pourquoi ces arbres altiers n'avaient pas bougé, n'avaient pas arraché leurs racines du sol pour aller porter secours, pourquoi les lois de la nature n'avaient pas été abolies, pourquoi elles n'avaient pas abdiqué devant tant de souffrance et d'effroi, pourquoi la nature se contentait de n'être toujours que le théâtre des événements.

Ils croisèrent sur leur chemin des fermes abandonnées, des stations-service ouvertes à tous vents et des villages désertés. Des églises à moitié effondrées aux bancs vermoulus sur lesquels des oiseaux chanteurs avaient construit leurs nids, petits sanctuaires habités de chants discrets et d'envols invisibles, sans croix, sans Dieu. Des cathédrales industrielles froides et silencieuses, emplies d'une lumière diffuse. Ils se promenaient dans des hangars d'usines désaffectées où poussaient des arbres plus grands qu'eux. Ils grimpaient sur de lourds engins, s'asseyaient dans de gigantesques bobines rouillées, s'arrêtaient devant des machines étranges dont on n'arrivait pas à déterminer à quoi elles avaient servi, appuyaient ici sur un bouton, faisaient tourner là une roue, retenaient leur souffle et étaient soulagés qu'il ne se passât rien. Ils se retrouvaient tout petits dans les monstrueuses bâtisses industrielles délabrées et regardaient dans le lointain par des fenêtres sans vitre et des trous dans les murs. Emil flânait, tête baissée sous sa capuche, ramassait par terre de vieux outils comme s'il ramassait des coquillages au bord de la mer, et accourait à chaque fois pour leur montrer fièrement ses mains écorchées pleines de roues dentées, de fils de fer tordus et d'écrous.

Il y avait là-bas une arrogance extravagante et une modestie tout aussi extravagante, des paysages austères, muets ou foisonnants, et souvent les gens devant lesquels ils passaient le long des routes leur paraissaient aussi abandonnés que les villages. Certains d'entre eux semblaient décrépits comme des maisons. Comme ces vieux qui étaient assis, enveloppés dans des couvertures, sur des chaises en plastique devant leurs baraques, exposés au vent, leurs mains desséchées sur les genoux, comme s'ils n'osaient pas rester dans leurs petites chambres, de peur que le monde ne les oublie tout à fait. Ils avaient le même regard pour tout ce qui passait, qu'il s'agisse d'un chat ou d'une voiture, et quand on les saluait d'un signe de la main, leurs yeux brillaient. En les voyant ainsi, on avait l'impression que le vent les traversait comme s'ils étaient fissurés, restait prisonnier dans leur corps recroquevillé et remplissait leur bouche ouverte d'un son chantant rappelant le souffle sur l'embout d'une bouteille vide. Et Alma s'imaginait voir le temps et les saisons passer en accéléré sur eux, sur ces créatures résistantes à l'hiver et à l'été, envahies d'abord par les fleurs puis par les fruits qui se balançaient devant leurs yeux, assises sous la pluie des feuilles et sous les chutes de neige, toujours sur leur chaise en plastique et toujours au centre du monde.

Ils s'arrêtèrent à Drohobytch, un ancien centre de l'industrie du sel avec des églises en bois et des ruelles éventrées, première ville où ils s'arrêtèrent un peu plus longtemps. Tandis que Friedrich, le col du manteau remonté et un appareil photo à la main, parcourait des jours durant la ville glaciale pour prendre des photos de ce qui restait des salines et de leur histoire, elle flânait dans les rues avec Emil, sans but précis et avec curiosité. Ils se laissaient attirer par les détails, ils allaient tantôt à gauche tantôt à droite, et levaient la tête vers le ciel lorsqu'ils risquaient de se perdre dans le dédale des maisons. Une fois, un homme dont les traits lui rappelèrent un instant son grand-père leur fit signe d'entrer dans un petit théâtre dans le foyer duquel se trouvaient, entre des banquettes et des rideaux de velours rouge, des aquariums avec des poissons blancs et des tortues paresseuses, et de hautes cages abritant des perroquets muets et deux cacatoès à moitié déplumés qui s'arrachaient mutuellement les plumes avec le plus grand sérieux. Il faisait si froid dans les espaces devant et derrière la scène que l'on pouvait observer son propre souffle se matérialiser devant soi. Il n'y avait pas de représentation, tout était vide. L'homme se tenait debout entre les animaux et ne disait pas un mot. Et Alma regardait ce petit zoo glacial, la tête inclinée comme les oiseaux chez elle, en pensant : C'est parti.

C'était la première fois qu'Alma ne restait pas à la maison pendant que Friedrich faisait des photos pour ses reportages, que l'éloignement ne lui tombait pas dessus comme un coup du sort, mais qu'elle était à l'origine de la distance qui l'éloignait de chez elle, qu'elle la produisait elle-même à chaque kilomètre parcouru. Elle était étrangement gaie. Jour après jour, assise sur le siège passager avec un gros cahier lourd comme une bible et un crayon, elle regardait dehors. Le monde prenait de l'ampleur et l'ailleurs se concrétisait. Les lointains agissaient sur la pensée, tout ce qui était grand se brisait en petits morceaux, les éléments que l'on pensait solidement soudés l'un à l'autre volaient en éclats, les souvenirs et les désirs, les idées et les gens se désagrégeaient en une myriade de détails que l'on pouvait recomposer comme des mosaïques. Elle fouillait dans ces débris comme dans un tas de vêtements, en tirait ici un sentiment, là une chemise ou un regard, y cherchait le dernier souffle du grand-père et le coussin avec l'empreinte du visage de la grand-mère. Ce qu'elle trouvait, elle le triait. Les vieilles habitudes ne revenaient pas, remplacées par l'attrait de la nouveauté. Les yeux grandissaient avec les images. Elle trouvait de la beauté dans l'austérité des formes ou dans leurs imperfections, et de la laideur qui n'en était jamais très éloignée. Regarder agissait sur la réflexion, lui semblait-il, les pensées s'éclaircissaient et se glissaient dans les mots qui leur convenaient, comme dans des enveloppes. Dans ses moments les plus favorables, le monde étranger où l'on ne comprenait que soi rendait sa propre langue précise et essentielle, afin que plus tard, une fois de retour, on puisse aussi parler des choses nouvelles que l'on avait vues.

Quelques jours plus tard, ils traversèrent aussi ces fameux villages isolés du sud-ouest de l'Ukraine, îlots linguistiques situés sur les contreforts des Beskides, enclaves où l'on parlait un étrange idiome qui avait échappé au temps. Les habitants s'y étaient installés des centaines d'années plus tôt pour travailler dans les forêts et les salines, et ils parlaient aujourd'hui encore un dialecte autrichien archaïque truffé de termes ukrainiens ou russes pour désigner les objets et inventions modernes venus s'ajouter au fil des années et pour lesquels l'ancienne langue ne possédait pas de noms. Le parler des descendants de ces bûcherons et de ces sauniers était comme un écho des temps anciens, quand on l'entendait dans la rue, si familier qu'Emil dressait l'oreille et demandait s'ils étaient déjà de retour à la maison, et il fut à la fois triste et soulagé quand ils laissèrent derrière eux ces sonorités connues et entendirent à nouveau, deux villages plus loin, des sons inconnus et rugueux sortir de la bouche des gens.

En traversant les Carpates pour aller en Roumanie, ils retrouvèrent l'hiver dont ils pensaient s'être débarrassés. Il y avait encore partout de la neige que le soleil faisait fondre chaque jour un peu plus. Tout était ruissellement, mugissement, le froid se désintégrait, la neige se transformait en une pluie bruyante qui gouttait partout des arbres et des toits. L'eau dégoulinait des maisons, éclaboussait les yeux en tombant par terre ou sur une balustrade quand on n'y prenait pas garde. Friedrich sifflait au rythme des gouttes. À chaque mètre parcouru, le climat était un peu plus chaud et plus méridional. Ils scrutaient le paysage à la recherche de bâtiments en ruine, roulaient de nombreuses heures sans s'arrêter; une fois seulement ils s'attardèrent pour quelques heures sur une montagne auprès d'un jeune ermite avec une casquette de pêcheur qu'il portait jour et nuit pour se protéger du soleil comme de l'ombre, et qui habitait dans une baraque devant laquelle il y avait une baignoire entre les arbres, qu'il utilisait, d'après ce qu'il disait, pour tenir les œufs au frais ou bien s'y installer les nuits d'été en fumant dans l'obscurité. Des reliques de la guerre et des statuettes du Christ pendaient du plafond au bout de fils comme un mobile. Dans un coin se trouvait un casque de soldat rempli d'herbes aromatiques. Quand ils lui demandèrent pourquoi il vivait si seul et loin de tout, il répliqua que la plupart des gens le faisaient souffrir, que leur présence lui faisait mal, comme s'il se rapprochait trop d'un feu. Le regard de Friedrich se perdit au loin dans la vallée, Emil frappa dans ses mains et son applaudissement s'envola dans l'air pour revenir démultiplié, en écho, acclamation invisible et joyeuse.

Leur univers était fait de villes, de paysages et de formes en perpétuelle mutation, qui venaient s'abîmer au fond des yeux. Il était aussi facile de se laisser aller à la mélancolie qu'au bonheur. Il arrivait qu'un lieu sorte du lot, et on le gardait en mémoire. Tout n'était pas inconnu dans ces terres inconnues, mais dans le déferlement d'images auquel on était soumis, on oubliait tout de suite ce qui rappelait trop la maison et qui ressemblait à ce que l'on connaissait de chez soi. Sinon, il n'y avait rien d'autre que la route. Ils vivaient dans la voiture, c'était une maison roulante où l'on était constamment assis à la fenêtre pour regarder dehors. On écoutait les chansons de Neil Young ou de vieilles cassettes pour enfants, *Unknown Legend* et *Les Trois Jeunes Détectives.* Quand une voiture les dépassait, ils tournaient la tête et observaient ses passagers à travers la vitre. Les cartes routières bruissaient aux pieds d'Alma. Ils grignotaient des noix, petites cervelles grasses et amères, ou de minuscules cacahuètes, dont Emil retirait minutieusement les fines peaux avant de les mettre dans sa bouche, pâles et pelées. Ils suçaient des bonbons acidulés et se soufflaient au visage leur haleine sucrée, comme s'il s'agissait d'un vent du Sud. Dans l'obscurité, on ne voyait rien d'autre que la route à travers le demi-cercle du pare-brise sale, les panneaux éclatants soudain de blancheur dans la lumière des phares, le système de marquage sur la route, qui maintenait le regard bien au milieu de la chaussée et le tirait vers l'avant, comme si les pupilles étaient fixées par un crochet à ces lignes droites. À la radio passaient de vieilles chansons dont Alma pensait reconnaître certaines pour les avoir entendues dans son enfance, durant ces heures passées sur la banquette arrière de la voiture, quand on rentrait tard d'une visite à la famille avec les parents, et qu'au son de cette musique somnambulique on rêvait du grand amour en imaginant comment il serait. Les chiens errants allongés à côté de l'asphalte paraissaient endormis jusqu'à ce qu'on se rende compte au dernier moment, en voyant leurs corps désarticulés, qu'ils étaient morts.

Le jour, la Roumanie était une vaste étendue. Des nuées d'oiseaux planaient à l'horizon, s'abattaient sur les champs saturés puis s'élevaient à nouveau en une sombre volée. Dans les villages roms, des hordes d'enfants couraient à côté de la voiture ou se tenaient au bord de la route, en rang serré, silencieux et comme si on les avait alignés en fonction de leur taille pour qu'ils les fixent de leurs yeux sombres. Ils étaient là, avec leurs regards impitoyables d'enfants, faméliques et las, des cernes sous les yeux, et des quartiers de pomme dans la main. Le soleil commençait à leur rougir la peau. Chaussés de vieux patins à roulettes, ils avançaient sur l'asphalte défoncé, et ceux qui étaient pieds nus poussaient les autres pour qu'ils puissent dévaler la rue, bras écartés, enivrés par la vitesse. Des gamins qui avaient à peine l'âge d'Emil fumaient assis par terre avec leurs genoux sales et leurs culottes usées par les lavages tandis qu'une petite fille en robe à bretelles, la bouche maquillée de rouge, une tétine accrochée autour du cou, se tenait à l'écart, le dos très droit, le regard absent. À un endroit peu profond d'une rivière, on avait carrément mis dans l'eau de vieilles motos et des landaus pour les débarrasser de la poussière de l'hiver, les mains protégées par de vieux gants troués. Quand Alma et Friedrich descendaient de voiture, les enfants leur arrachaient des mains non seulement les bonbons qu'ils avaient apportés, mais aussi Emil, enfonçant profondément leurs doigts dans les sachets en plastique et dans la peau de leur nouveau camarade de jeu et s'enfuyant avec les deux. Et Emil partait en courant avec eux sans se retourner, comme s'il était non seulement insensible à la douleur mais aussi indifférent à la proximité d'enfants qu'il ne connaissait pas, en profitant pour se dégourdir les jambes après toutes ces heures passées dans la voiture et ne revenant qu'au crépuscule, une cigarette au coin de la bouche.

Sur la côte de la mer Noire, ils traversèrent des villes portuaires qui flamboyaient dans le rouge des quartiers chauds et du soleil levant, piètres copies de Las Vegas, destinations de voyage sur catalogue, regorgeant de salles de jeu aux couleurs criardes et de restaurants de poisson réservés aux familles en villégiature, d'allées de parasols et de bars à cocktails bon marché où les femmes qui, dans la journée, se promenaient dans les rues en veste de survêtement Adidas attendaient la nuit les étrangers en costume de go-go girls aux seins pointus et aux lèvres rouge Campari. En Bulgarie, ils passèrent tour à tour devant de grands ensembles d'immeubles en préfabriqué, traversèrent des plaines remplies d'oiseaux chanteurs, de vastes champs dans lesquels de vieilles machines agricoles, tels des monstres aux multiples bras et aux grandes dents, effrayaient les enfants quand ils rentraient au crépuscule par les champs de tournesols sous les câbles électriques qui pendaient très bas. Une fois ils virent un cimetière qui s'étendait si loin dans la ville que l'on apercevait entre les maisons et les cordes à linge négligemment installées des tombes recouvertes de pissenlits fanés, dont les aigrettes emportées par le vent se répandaient dans toutes les directions sur les épitaphes. L'herbe de Dieu proliférait sur les pierres et répandait son poison. Par les fenêtres ouvertes, on apercevait des bouquets de lis sur les tables, les mêmes qui fleurissaient sur les tombes. Il y avait le lourd parfum des premières fleurs d'été, le bourdonnement et le scintillement des insectes sur les couronnes funéraires et de vieilles femmes assises sur leurs balcons qui regardaient le cimetière en contrebas en épluchant des légumes, et parfois levaient la main comme pour saluer leurs époux sous terre. Le vent qui soufflait dans cet endroit étrange imprimait la même direction à tout, à la chevelure, au linge, à l'herbe, même les pierres tombales penchaient vers l'est. Alma aimait les cimetières, mais à ceux qui lui étaient familiers elle préférait ceux où ne reposaient que des inconnus. Elle imaginait les corps reposant dans un grand fossé comme les instruments abandonnés d'un orchestre, chacun à sa place, silencieux. Autrefois, elle avait pensé qu'il n'y avait rien de plus fiable que les morts, car ils restaient toujours morts, ni rien de plus silencieux, mais depuis le décès de ses grands-parents et son départ avec Friedrich et Emil, elle n'en était plus aussi sûre. Car ils continuaient à vivre tous les deux avec elle, comme les morts continuaient à vivre parmi les maisons et leurs habitants, ils la hantaient, non pas comme des fantômes sous leurs draps, non pas dans ses cauchemars, mais dans ses pensées, comme d'invisibles revenants, des esprits métaphysiques qui la poursuivaient et accaparaient son esprit avec leur destin. Ils appelaient d'outre-tombe, leurs voix résonnaient en Alma, ils étaient partout et nulle part, passaient comme un souffle dans l'espace vide, particules intergalactiques vagabondes. Le voyage d'Alma était aussi leur grand voyage. Tu te rends compte, s'écriait la grand-mère dans les villes aux lumières crues, tu te rends compte, disait, en restant muet, le grand-père quand ils traversaient les vastes paysages. Ils se manifestaient bruyamment, mais n'écoutaient pas, refusaient tout dialogue. Cela rappelait à Alma les anciennes coutumes du royaume du Dahomey en Afrique occidentale, où l'on avait pour habitude, à la Cour, d'envoyer des messages dans le royaume des morts en les murmurant à l'oreille de captifs que l'on décapitait ensuite, pour qu'ils les transmettent aux défunts, et elle se demandait si c'était vraiment le seul moyen de communication possible.

Ils n'étaient pas non plus à court de ruines pour le reportage de Friedrich, on pouvait être sûr de trouver en tout lieu une bâtisse qui menaçait de s'écrouler. C'est au sommet de Bouzloudja que se trouvait le roi du déclin, un ovni en béton, érigé en l'honneur du mouvement socialiste, devant lequel un renard chassait dans l'herbe au point du jour. Friedrich photographia sous tous les angles cet édifice gris venu d'ailleurs, aux portes duquel on avait une vue panoramique sur la partie bulgare du Grand Balkan. Il était monumental, insolite et énigmatique. Le gouvernement avait ordonné sa fermeture de peur qu'il ne s'écroule, et des grilles, des planches de bois et des verrous condamnaient les entrées, tandis que les issues de secours étaient obstruées par des gravats, comme des bouteilles fermées par un bouchon. Par une galerie s'enfonçant dans le sol, ils descendirent dans le noir à l'aide d'une corde, Emil sur les épaules de Friedrich, et, le dos voûté, ils parcoururent le labyrinthe des couloirs de la cave jusqu'à ce qu'ils puissent se redresser en atteignant un escalier menant vers le haut. Dès les premiers rais de lumière, ils furent plongés dans la stupéfaction, car au cœur du bâtiment circulaire, on se retrouvait dans une arène mégalomane en décrépitude. Des rayons de soleil désordonnés dont les points lumineux se déplaçaient dans la pièce filtraient par les trous du toit. Sur les murs latéraux, de petites pierres se détachaient des visages en mosaïque de vieux messieurs et tombaient par terre avec un petit bruit clair et sec. Le marteau et la faucille surplombaient l'endroit. C'était une cathédrale laïque, la triste église du communisme bulgare, où s'étaient jadis réunis des hommes politiques en complet sombre pour ne parler que de victoire. On s'y sentait tout petit et on était singulièrement heureux de sa ruine.

Et le voyage continuait, de plus en plus loin. Au bout de plusieurs semaines, les lieux et le temps ne formaient plus qu'un. En Turquie, les voyageurs furent pris d'une agitation nouvelle. Emil fut assailli par une nervosité fébrile, il se plaignait sans cesse, se grattait les bras jusqu'au sang, se traçait de grosses stries rouges sur la peau avec ses ongles, comme s'il s'agissait d'une occupation aussi anodine que de jouer avec sa Game Boy. Ils traversèrent les villes avec leurs petites tours en forme de fusée, des minarets aussi fins qu'un crayon de papier, à toute allure, et Friedrich n'acceptait que rarement de faire une halte, tant il était impatient. Ils traversèrent les hauts plateaux froids d'Anatolie, la tête à ras des nuages, et lorsque les routes étaient trop mauvaises, les contraignant à rouler au pas, ou lorsqu'ils s'arrêtaient, des chiens grands comme des ours et au poil clair comme des petits pains sautaient sur leur capot, par bandes de quatre ou cinq dans des régions isolées, comme s'ils appelaient à l'assaut, de sorte qu'ils ne quittaient la voiture que munis de gros bâtons quand l'un d'eux avait besoin de se soulager. Des prairies en fleurs et des décharges se mêlaient, illuminées de petits feux d'objets en plastique fondant et rougeoyant. C'était un paysage sans limites, dont l'immensité les poussa vers cette humilité où l'on se retire face à une grande absence. À un carrefour peu fréquenté, loin de toute ville, ils rencontrèrent une procession de gens qui s'étaient réunis sur la route, têtes baissées et mains levées, des femmes et des hommes sous un grand ciel, comme s'ils avaient été rejetés sur la route par une vague venue de nulle part. La masse voguait dans un deuil hymnique. Le gravier au bord de la route était parsemé de fleurs et de bougies, et un enfant était agenouillé à quatre pattes au-dessus de la photo d'un ami, d'un frère ou d'un cousin décédé, poussant un cri extrêmement fort et stridant, encore et encore, dans un désespoir qui dépassait tout ce qu'Alma avait jamais connu. C'était un son électrisant, qui faisait s'élargir les pupilles, le son d'une fêlure incessante, d'une douleur qui se transmettait à tout le monde, même à un parfait inconnu. Pendant que Friedrich conduisait avec précaution à travers la foule, Emil, extrêmement attentif, regardait par la fenêtre, le visage pressé contre la vitre, la bouche ouverte, comme s'il voulait recevoir, capturer, absorber ce bruit.

Comme c'était étrange que les enfants connaissent des enfants morts, pensa Alma, que des enfants aient des amis enfants morts, qu'ils avancent déjà main dans la main avec quelque chose d'aussi énorme que la disparition ultime et ne puissent pas la garder pour plus tard. Elle se rappela que la grand-mère lui avait parlé de petits garçons et de petites filles pendant la guerre qui faisaient silencieusement rouler des billes dans la cage d'escalier ensemble, et le lendemain l'un de leurs camarades de jeu n'était plus là, il était un disparu, un fantôme en culottes courtes, sur qui une maison s'était effondrée. Cette pensée la fit frissonner, et elle vit devant elle un enfant qui meurt seul, un qui pense à la mort et un que la mort n'oublie pas.

Chaque soir, Alma dessinait les scènes du jour, elle dessinait une plaine en quelques traits et parfois seulement une ligne pour l'horizon, mais au-delà de la frontière géorgienne attendaient de nouveau les montagnes. Le voyage était une suite de montées et de descentes, un grand huit de dénivelés et de températures qui permettait de ressentir l'irrégularité de la terre au plus profond de soi. Le Grand Caucase. La prison de Prométhée. Ces montagnes. Quand on se trouvait en leur centre, on confondait sommets et abîmes, ascension et chute, et leurs sommets et leurs vallées se rapprochaient tant que l'on était pris de vertige. C'était un océan de roches, un flot figé d'avalanches de pierres et de neige, si colossal que l'on se voyait soudain s'y noyer quand on regardait trop longtemps cet éboulis gelé. Les nuages étaient si bas que le visage d'Emil y disparaissait quand Friedrich le levait au-dessus de sa tête, les bras tendus. Ils contemplaient ces montagnes à travers les vitres de la voiture, se retournaient souvent pour les regarder encore, avant de faire à nouveau une pause après un long trajet, au milieu de nulle part, le dos raide, les genoux ankylosés de ne pas avoir pu bouger. Emil sautait toujours en premier de la voiture, sans veste, sans écharpe, parfois sans chaussures ; il partait en courant avant d'avoir fait ne serait-ce qu'un seul pas tranquille, dessinait des images dans la neige en faisant pipi et suçait de grands glaçons qu'il tenait de sa main nue, jusqu'à ce que ses doigts deviennent rouges et bleus. Une fois ils découvrirent un hôtel abandonné dans le paysage gelé. La vieille auberge était située le long de la route militaire géorgienne – si on la parcourait encore un peu plus loin, on apercevait la Russie. Et déjà Alma voyait le grand-père dans des bottes militaires trop grandes, de la terre du pays natal dans les poches de son manteau, parcourir la Military Highway, à la rencontre de l'hiver russe. Déjà, elle aurait failli ne pas le reconnaître quand il se présenta à elle en jeune homme inconnu. Déjà, il tournait au coin de la rue. Déjà, il avait à nouveau disparu. Déjà, elle courait en trébuchant derrière l'enfant qui se tenait devant l'immense bâtisse et la contemplait, les yeux levés et la tête rejetée en arrière. Le vent paraissait avoir fermé la porte d'entrée en bois, et même si l'on s'appuyait contre elle de tout son poids, il semblait qu'au même instant un coup de vent appuyait de l'autre côté. À l'intérieur, on pouvait retirer le papier peint avec les doigts, l'humidité faisait peler les murs. Ils traversaient les couloirs main dans la main, montaient et descendaient les étages. Dans presque chacune des soixante chambres, les bandeaux de papier peint qui bruissaient dans le courant d'air avaient une couleur différente. Quand ils ouvraient grand la bouche, ils sentaient le vent passer entre leurs dents. Emil poussait de petits cris d'excitation. L'hôtel était habité par le vent qui soufflait à travers les longs couloirs et qui passait par les cadres de fenêtres vides comme de la lumière, un vent qu'aucune porte ne pouvait retenir, qui gonflait la bâtisse et la rendait encore plus grande. Cette demeure dépeuplée était remplie de bruits – le claquement incessant de portes que l'on ouvre et que l'on ferme, le grincement des gonds – et, au loin, le froid panorama des glaciers. Au rez-de-chaussée, il y avait de la paille sur le sol. La maison était depuis longtemps devenue un hôtel pour les animaux, une auberge faite de vent, et quand on fermait les yeux, on voyait devant soi les vaches se tenir en été sur les carreaux bleu ciel de la salle de bains et sous les plafonds en stuc à moitié décrépis, entre des lambeaux de papiers peints qui flottaient dans le vent, chaque animal dans sa propre chambre. Seuls les étages supérieurs restaient toujours vides, car les bêtes ne pouvaient pas monter les escaliers. À l'extérieur, à l'abri des portières ouvertes de la voiture, Friedrich faisait chauffer des soupes en boîte sur le réchaud à gaz et, une cigarette aux lèvres, il regardait fixement dans le froid à travers les ronds de fumée qui montaient vers le ciel comme s'il s'agissait de jumelles.

La confusion ne prenait jamais fin quand on voyageait, chaque jour le monde proposait quelque chose qui ne s'accordait pas avec ce qui avait précédé. Si les montagnes étaient glace et bruissements, une chaleur brûlante pesait sur les plaines de Géorgie remplies des premiers bruits de l'été et des regards vibrant de chaleur au bord des routes. Sur les marchés aux fleurs, les visages fermés des femmes se mêlaient aux calices largement ouverts des lis. Les arbres étaient grands comme des tours, et les acacias portaient leurs fleurs sucrées, leurs ombelles blanches comme une pluie. Le ciel était une cathédrale d'un bleu gris. Des statues emmurées dans les façades de villas en ruine portaient la lourde charge de la demeure, elles tenaient d'immenses arcs et porches, soutenaient la pierre, le dos voûté. Il y avait de petits gratte-ciel et de grands préfabriqués, des garde-corps en fer forgé et des vérandas en bois, des jardins d'apparat derrière des murs qui s'effondraient et de minuscules vignobles privés dans les doux paysages de la Kakhétie. D'élégantes propriétés et bâtisses où tout un étage avait brûlé, où les cadres de fenêtre étaient calcinés, et qui étaient ornées de balcons colorés où l'on avait tendu des cordes à linge jusqu'au prochain poteau électrique. Les manches de chemise faisaient des signes dans le vent, les jambes de pantalon s'élevaient dans les airs.

Friedrich avait fort à faire pour prendre en photo les maisons et les lieux en ruine, et à un moment sa passion pour la désolation et pour ce qui disparaissait avait fini par gagner Alma et Emil, et ils commencèrent à partager avec lui son amour pour les choses que l'on ne pouvait plus sauver, leur rouille, le vent, ce son hors du monde qui les traversait. Dans la ville fantôme d'un site d'usine abandonné ils trouvèrent ce que tout enfant rêve de trouver une fois dans sa vie : une locomotive bleu ciel cachée dans les hautes herbes. Ils découvrirent un pont enjambant un cours d'eau et qui s'arrêtait au milieu du ruisseau, et tombèrent, au bord d'un champ en friche, sur un hôpital délabré. C'était un bâtiment criblé de trous, aux allures d'échafaudage, étique, poreux, l'image même de l'absence. Une ruine hippocratique, un monde sans couleurs, un lieu qui permettait à Alma de penser que le salut n'existe pas, et que ceux qui ont été sauvés une fois ne le sont pas définitivement. On avait non seulement retiré les fenêtres et les portes du sanatorium, mais aussi les cadres des portes et des fenêtres, de sorte que l'on pouvait y entrer par toutes les ouvertures. Il n'y avait pas d'obstacles, pas de seuil, la séparation entre l'intérieur et l'extérieur semblait presque abolie. Un orage venait d'éclater, assombrissant les deux côtés. Derrière le bâtiment, un veau, figé comme une statue, était attaché à un arbre dans les hautes herbes. En dépit de la pluie, les sombres nuages étaient remplis d'oiseaux. Une pile de vieux dossiers de patients s'était renversée, et les dernières feuilles de papier avaient glissé dehors jusque dans le pré. Tout ce qui avait jamais été inséré dans ces murs en avait été arraché ou avait disparu, de la poussière tombait des trous, et des insectes traversaient les murs dans les fentes vides qui étaient jadis occupées par des conduites de cuivre. Il manquait des marches aux escaliers qui reliaient les étages. Lorsqu'on longeait un couloir dans l'obscurité, il fallait veiller à ne pas tomber dans une des cages d'ascenseur vides. Les carreaux des salles d'opération étaient en partie ébréchés. Un nid de guêpes, gros comme un lampion chinois, pendait du plafond, une énorme lanterne dont le ventre bourdonnait d'insectes. Des seringues vides et des éprouvettes brisées et des plaquettes de pilules éclatées et des comprimés clairs comme de minuscules grêlons jonchaient le sol, de sorte que chaque pas provoquait un crissement. Sur le plancher des chambres, des nids d'oiseaux vides côtoyaient des cuvettes médicales vides. Dehors, des merles piaillaient dans les branches sous la pluie et le veau beuglait dans les éclairs, ils furent alors tous trois saisis d'une telle angoisse qu'ils finirent par se précipiter hors de l'hôpital squelettique comme s'ils étaient poursuivis.

Dans les zones frontalières, les Géorgiens agitaient des pistolets luisants, l'arme dans une main et une cigarette dans l'autre. Ils virent une femme qui faisait de la moto un couteau de cuisine à la main, et un petit garçon qui faisait du hula hoop avec un pneu de vélo. Dans les rues, des hommes armés de fusils se tenaient devant les stands de viande pour tirer sur les chiens errants, et des enfants mâchaient des fleurs et se remplissaient la bouche d'amertume en suçant des têtes d'allumette. Dans certains jardins, des serpents étaient couchés dans l'herbe à côté de tuyaux d'arrosage enroulés, et rien ne les distinguait. À la frontière avec l'Azerbaïdjan, Friedrich tendit les papiers aux fonctionnaires, et en jetant un coup d'œil aux passeports autrichiens l'un d'eux dit, à moitié sévère, à moitié réjoui, avec un hochement de tête connaisseur : Mozart. La route de la mer Caspienne était stérile et désolée, parfois seulement ils voyaient de jeunes gens au bord de la chaussée qui brandissaient en les tenant par les oreilles des lapins blancs, comme s'ils venaient de les tirer d'un chapeau. Il y avait d'énormes champs de chardons dont la floraison était passée, et ici et là on apercevait dans le paysage de petites cabanes servant d'abattoirs, de basses masures couvertes d'un toit où étaient accrochés des agneaux écorchés et pendus par les pieds, qui se balançaient dans le vent, enveloppés dans des toiles en lin et des draps de lit pour éviter que les mouches ne se posent dessus. Des chiens errants assiégeaient les baraques, haletant et soupirant au soleil. Un chien de berger mort gisait sur la route, tête élongée et bas du corps amputé. Des gens se promenaient lentement le long de l'autoroute ou étaient adossés aux glissières de sécurité en fumant à côté des voitures qui passaient à toute vitesse. Les champs pétrolifères sablonneux et déserts défilaient sous leurs yeux, et dans chaque pompe à balancier Emil voyait un animal métallique, oiseau de fer au bec tiré par des câbles piochant dans la terre et picorant dans le sol poussiéreux à chaque mouvement de bascule. Les poteaux électriques de guingois projetaient sur le sol des ombres fines comme des aiguilles. Dans le Sud, le pays devint plat et chaud, envahi de troupeaux de moutons qui se déversaient comme de l'eau sur le vaste paysage et de vieilles voitures au bord de la route sur les coffres desquelles trônaient des caisses remplies de fraises luisantes. Ils passèrent à côté de volcans de boue, cratères de méthane gris, dans lesquels la terre liquide faisait des bulles, jaillissant à intervalles irréguliers pour être recrachées. On avait envie de sauter dans ces lacs mous pour voir jusqu'à quelle profondeur ils pouvaient vous entraîner. Emil se tenait devant eux, le regard rivé vers le fond, comme il le faisait quand il était sur la tour de dix mètres de la piscine. Ils passèrent à côté d'une montagne qui brûlait, un feu de gaz naturel très ancien, et Alma eut l'impression que quelqu'un avait pris une allumette pour mettre le feu à la colline de calcaire, car la terre nue brûlait, translucide à la lumière du jour, épaisse au crépuscule et dans l'obscurité. Et elle aimait l'idée d'un feu qu'il ne fallait pas surveiller, mais qui continuait de luire tout seul, au fil des années, sans personne pour se réjouir de son existence ou la redouter.

Le port d'Alat, enfin, ne consistait en rien d'autre qu'en du béton et une étroite bande de gazon, un terrain industriel où l'on répandait du poison contre les serpents venimeux et où les camionneurs étaient assis à l'ombre de leurs véhicules et se préparaient du thé sur de petites tables pliantes dissimulées dans la carrosserie. Avant la tombée de la nuit, chacun se retirait, cherchait un abri dans l'ordre fourni par ses prières, pour pouvoir supporter l'obscurité. Des chats s'accrochaient à un poisson suspendu à une barre, les griffes plantées dans sa tête, et, se balançant dans le vide, ils dévoraient sa chair et ses yeux. La mer était entre gris et vert, pleine de cris de mouettes, terne dans le crépuscule et kitsch dans la lumière. Quiconque passait la douane se retrouvait dans un *no man's land*, ayant quitté un pays et n'étant pas encore entré dans le suivant, sans pouvoir ni avancer ni reculer, et devait attendre des jours durant un bateau dont personne ne savait quand il arriverait. Un des routiers leur raconta qu'une fois les voyageurs avaient été bloqués au port durant des semaines et qu'ils avaient passé de vieux films avec un projecteur sur les bâches d'un camion, un ciné-parc maritime, des films d'action turcs et Ingrid Bergman, *Here's looking at you, kid*, entre le vacarme de la houle et des machines.

Alma, Friedrich et Emil attendirent le ferry pendant quatre jours. Ils furent soulagés d'être dans un lieu où, pour un bref moment, ils étaient épargnés par la nouveauté, libérés de l'obligation de regarder. Ils avaient l'impression de devoir se reposer de la simple immensité du monde. Ils avaient besoin de se recomposer après avoir laissé derrière eux toutes ces villes et tous ces paysages, et de se détacher des choses qu'ils avaient vues, comme si, à chaque regard, ils avaient cédé une infime part d'eux-mêmes. Emil caracolait entre les grands pneus et les rampes rouillées, il se lia d'amitié avec les camionneurs, et tandis qu'il montrait ses cicatrices, manches et jambes du pantalon retroussées, aux plus patibulaires d'entre eux, ils lui rendirent la pareille en lui montrant des serpents morts qu'ils portaient devant eux sur des bâtons, bras tendus. Lorsque, le soir venu, Alma et Friedrich palpaient le corps de l'enfant, ils ne détectaient pas de blessures mais percevaient sa croissance, sentaient que leur fils semblait jour après jour se tendre un peu plus vers le monde. Friedrich faisait le tri des photos des lieux et des édifices en déclin qu'il avait prises. Alma dessinait. Emil grandissait dans le vaste monde. Ils faisaient la lessive dans le lavabo des conteneurs sanitaires au bord du parking. Ils préparaient des plats de chez eux sur le réchaud à gaz, faisaient frire des crêpes d'après la recette de la grand-mère et observaient le vent qui soufflait sur les galettes chaudes, emportant les grains de sucre comme s'il s'agissait de sable. Alma et Friedrich se regardèrent, surpris, comme s'ils ne s'étaient pas vus depuis longtemps, comme si les pays qui défilaient derrière les vitres s'étaient pour un temps superposés à l'autre et à l'amour, l'effaçant, comme s'ils avaient oublié l'autre à force de monde découvert. Ils faisaient l'amour en silence, quand l'enfant partait en exploration ou était plongé dans ses jeux, les poils rugueux du tapis dans le dos, recouverts de sacs de couchage, des pull-overs accrochés aux fenêtres de la voiture en guise de rideaux, en faisant le moins de mouvements possible et les lèvres humides pressées les unes contre les autres, pour que personne ne puisse les entendre.

Le bateau était un microcosme étrange, une galaxie flottante faite de formes grossières et de lourdes cargaisons. Les grands conteneurs reposaient silencieusement dans son ventre, seuls les boxes à chevaux bougeaient quand les animaux nerveux y heurtaient leurs grandes têtes, découvrant leurs dents. Les couloirs étaient labyrinthiques et sales, les cabines petites et usées, les couvertures sur les couchettes si pâles qu'il semblait qu'en dormant les passagers successifs avaient absorbé leurs couleurs au fil des années. L'eau qui coulait des tuyaux rouillés dans des bacs de douche fêlés et grisâtres était glaciale. Les bagages des routiers étaient stockés sur le pont inférieur à côté de plantes vertes artificielles. Des valises emballées dans des sacs en plastique, des sacs de voyage fermés avec de la ficelle, un panier en osier bourré de chemises et de rasoirs avec une brosse à dents posée sur le dessus. Dans la salle à manger austère, les cuisinières trapues coiffées de charlottes en plastique et munies de tabliers plaisantaient avec la centaine d'hommes réunis là, et chacun d'eux avait droit à un rire érotique et à un morceau de poulet quand venait son tour. Dehors la mer était soit d'un vert bouteille ou grise et agitée. Des îles de forage désaffectées et des plates-formes corrodées, montées sur pilotis, surgissaient de l'eau à intervalles réguliers, véritables petites villes industrielles squelettiques avec des derricks et des blocs d'habitation délabrés, construites sur des carcasses de bateaux envoyés par le fond. C'étaient des monstres marins d'acier et de bois, aux multiples jambes, abandonnés, persévérant mélancoliquement dans les flots et tenus secrets si longtemps qu'ils n'étaient même pas répertoriés sur les cartes digitales du monde. On aurait dit des mirages maritimes quand le regard tâtonnait le long de la ligne vide de l'horizon et restait accroché à eux comme à un clou.

Alma regardait fixement la mer et sentait grandir la distance qui la séparait de chez elle, du lotissement et de la maison vide derrière la haie de thuyas, tout en sentant se rapprocher de plus en plus, en distance et en pensée, l'histoire du grand-père qui était à l'origine de son voyage. Voyager était différent de ce qu'elle avait imaginé, l'étranger plus étrange qu'elle ne se l'était figuré et plus familier qu'elle n'avait osé le souhaiter. Depuis que Friedrich avait terminé ses recherches et photographié la dernière maison en ruine, le périple était devenu une fin en soi, son voyage personnel dans le temps. La figure du grand-père ne se détachait que lentement des impressions de ces derniers mois. Elle se souvint brusquement de la tristesse qu'elle avait longtemps oubliée, comme on se souvient d'avoir laissé allumée la plaque de cuisson alors que l'on a déjà quitté l'appartement depuis longtemps. La mort des deux vieilles personnes s'abattit encore, et encore, et sur elle, et cela fit mal comme s'il s'agissait encore de la première fois. À l'horizon se trouvait le Kazakhstan, dont la grand-mère avait toujours dit qu'elle se le représentait comme une prison, un État fait de barbelés, de tempête et de barreaux, dénué de ciel, jusqu'à ce qu'elle le recherche dans l'atlas et s'effraye de son immensité. Et elle avait ajouté qu'il y avait des jours et des nuits où elle n'était pas sûre qu'elle aurait jamais pu aimer le grand-père s'il n'avait pas payé de sa personne en cet endroit rude et parmi des inconnus, bien qu'elle ne sût pas si cela avait suffi.

À peine furent-ils arrivés dans la ville portuaire du Kazakhstan, les gens disparurent. Alma, Friedrich et Emil sortirent de l'antre du bateau avec tous les passagers, quittèrent Aktaou, et bientôt il ne resta rien d'autre que du paysage et de la poussière et un horizon qu'il fallait d'abord apprendre à supporter. Aucun regard n'arrivait jamais à destination. Rien ne venait l'entraver, et on se laissait berner d'autant plus facilement. Le ciel était si bleu que l'on aurait souhaité disposer d'un cyanomètre pour mesurer son intensité. C'était une étendue où l'on pouvait se perdre puis se retrouver, vide d'hommes et de dieux, pleine de sable et de pierres, de plants d'absinthe et de soude brûlée et de hautes herbes, un bout de terre dont on avait du mal à croire qu'il pouvait être habité, un espace si dépourvu de toute résonance que l'on n'y trouvait aucun écho humain. Parfois seulement une mesa ou un canyon de craie en calcaire à la blancheur éclatante s'élevaient devant eux, et le sol était jonché de roches sphériques hautes de plusieurs mètres, énormes billes de pierre, comme si des géants avaient oublié là leurs jouets.

Sinon il n'y avait rien d'autre que la terre et la lumière et l'obscurité et l'absence de toit. On apprenait la vulnérabilité. On croyait à la liberté, bien qu'on ne disposât d'aucune preuve. On pensait à la mort. La nuit, il faisait frais et le ciel était si constellé d'étoiles que l'on se disait qu'elles devaient éclairer le monde entier. Chaque regard porté sur cette steppe semblait à la fois dirigé vers l'avant et vers l'arrière, tellement le pays était égal où que l'on se tourne. Les plaines miroitaient, de sorte qu'on ne cessait de croire qu'il y avait dans le lointain une grande étendue d'eau, un immense lac à découvrir, et Emil demanda plus d'une fois s'ils ne pouvaient pas aller nager. Si l'on regardait suffisamment longtemps au loin, on voyait apparaître dans la chaleur un paysage préhistorique, une ère révolue de la terre, et l'on pensait voir des dinosaures arpenter le sol aride et pierreux à côté des chameaux et des chevaux, longeant toujours l'orbe terrestre. Des squelettes recouvraient la terre assoiffée, les cadavres desséchaient jusqu'à ne faire plus qu'un avec le sol. La surface des rares points d'eau était si immobile que les animaux semblaient boire leur reflet dans un miroir. La surpuissance du paysage avalait l'homme. La terre était jaune et gris, brun, couleur ocre et couleur cognac, noir, là où le soleil la brûlait, et vert, là où il lui tirait quelques buissons du sol. Et Alma s'étonnait presque de voir des panneaux d'avertissement signalant la présence de chameaux mais aucun signalant la présence de dinosaures.

Sur les marchés des rares villes, les vendeuses portaient des cagoules, des lunettes noires et des gants blancs pour se protéger du soleil ; debout derrière leurs étals avec leurs légumes disposés en rangées symétriques, leurs pyramides d'oignons et de tomates, et leurs tours de concombres, elles étaient emmitouflées dans des étoffes, les lèvres gercées et du sable entre les cils. Les enfants poursuivaient les sacs en plastique que le vent soulevait comme des cerfs-volants. Les petits étaient assis dans de gros tas de pommes vertes et jouaient avec les fruits, comme s'ils se trouvaient dans la piscine à balles d'Ikea. Une sonnette nomade retentissait, tantôt ici, tantôt là, pour se taire aussitôt dans les ruelles désertes. À proximité des agglomérations, qui étaient parfois à des centaines de kilomètres les unes des autres, des voitures de police vétustes patrouillaient sur les routes, et peu importe à quelle vitesse ils roulaient, Alma et Friedrich se faisaient systématiquement arrêter. Ils ne comprenaient pas un mot de ce qu'on leur disait. On repoussait avec brusquerie et force gestes d'indignation les pots-de-vin qu'ils proposaient. Ils mirent du temps à s'apercevoir que les policiers ne voulaient pas leur prendre les billets des mains, mais les trouver plus tard, comme par hasard, dans leur voiture, après qu'ils eurent été glissés par la fenêtre.

Ils comprirent qu'il ne s'agissait pas d'une menace quand, dans ces endroits perdus et faiblement peuplés, ils tombaient sur un individu qui accourait en hurlant et, inquiet, leur offrait son aide, car personne ne pouvait imaginer qu'ils s'étaient rendus de leur plein gré dans la vacuité de la steppe. Les routes étaient désertes et interminables, mais il arrivait de temps à autre qu'un fennec bondisse sur la chaussée pour se nourrir d'un animal mort. À la longue, les choses se démentaient elles-mêmes dans cet environnement, la beauté et la misère, et, tous les matins aussi, l'obscurité. Le vent générait des vagues dans l'herbe haute qui se refermait sur les traces de pneus et les étroites pistes que l'on venait d'emprunter. Le bruit des bidons d'eau dans le coffre de la voiture était comme une petite houle qui ne cessait qu'à l'arrêt. Ils se douchaient au milieu de nulle part sous le jet d'un vieux conduit d'irrigation percé, au milieu d'une colonie de gangas qui s'égaillaient dans tous les sens. Tout nus et vêtus seulement de leurs chaussures, ils riaient tous les trois au milieu des oiseaux affolés, qu'Emil poursuivait, de la mousse sous les aisselles. Le matin, ils faisaient frire des œufs, le soir, ils se faisaient des ragoûts. Ils dormaient à l'endroit où ils se trouvaient, quittant simplement la route au crépuscule pour s'arrêter.

L'horizon était un cercle, et il était impossible de s'orienter. Chaque fois que l'on tendait le bras, il se heurtait à l'infini et retombait dans la poussière ou dans l'herbe haute de la steppe. Il y avait des chevaux partout. On en voyait de grands troupeaux au bord de la route ou à l'horizon, ils se rassemblaient autour d'énormes conduits en béton, présences extraterrestres dans cette steppe, et paradaient en faisant claquer leurs sabots entre ces éléments d'un autre monde que le vent traversait comme s'il cherchait à soulever même les objets les plus lourds. Les animaux se cachaient loin des hommes, dans les nécropoles à l'écart de tout, typiques du pays, tentant de se protéger dans les cimetières des rafales chargées de sable, tandis que les poulains faisaient des cabrioles entre les tombes. Ils erraient au loin ou reposaient, réduits à l'état d'ossements, dans la poussière. Alma aimait ces squelettes, elle se réjouissait chaque fois qu'elle en trouvait, et Emil lui aussi voyait qu'ils ressemblaient aux images accrochées dans sa chambre d'enfant, bien que les rayons X fussent ici inutiles, ceux du soleil étaient suffisants pour brûler la chair des cadavres jusqu'à en faire apparaître les os. Emil se penchait sur les carcasses comme un vieil homme, les mains croisées derrière le dos, se plaçant toujours de manière à les couvrir de son ombre, comme s'il voulait les protéger au moins un court instant d'un peu d'obscurité. C'était la première fois qu'il voyait des ossements qui n'étaient pas dissimulés par la peau. Il les observait attentivement. Ils étaient posés sur le sable, blancs comme de la craie, et Emil disait à Alma qu'ils l'aveuglaient. Rugueux et lisses, cylindriques et plats, vertèbres irrégulières, tout s'accordait comme par magie. Là où un morceau s'était cassé, où un animal avait planté ses dents trop profondément, on apercevait le tissu spongieux à l'intérieur, les minuscules espaces entre les segments osseux qui semblaient remplis d'air, si bien qu'Emil lui demanda pourquoi les squelettes ne pouvaient pas voler, alors qu'ils semblaient si légers. Il leur arrivait parfois de trouver un squelette de cheval entier, parfois il n'en restait qu'une partie. La steppe entière était une boîte de jeu de construction avec des ossements permettant de reconstituer des spectres décharnés, des êtres efflanqués, durs, aux formes les plus insolites, d'un blanc éclatant, fantastique population de fantômes, créée tout exprès pour occuper le vide du paysage. Emil ramassait toutes sortes de côtes, de dents, de vertèbres, de sabots, les assemblait, façonnait à partir de ces restes des êtres fantasmagoriques qui avaient l'air si sauvages qu'il finissait par craindre qu'ils ne se lèvent pour s'en aller dans le crépuscule avec leurs jambes asymétriques et leurs membres tordus, des machines faites d'ossements et des robots composés de vertèbres. Ils découvrirent deux crânes de chevaux, non loin l'un de l'autre. De l'un ne subsistaient que les orbites et l'arcade zygomatique, de l'autre la mâchoire inférieure. Ensemble ils réunirent les ossements et ajustèrent les moitiés, construisirent un être qui n'avait de commun que la mort, et de deux chevaux, ils n'en firent qu'un seul. Le soir, ils posèrent la nouvelle tête près du feu de camp, et elle était si grande qu'Emil pouvait s'asseoir dessus comme sur un tabouret. Le lendemain, ils s'y étaient déjà tellement attachés qu'ils ne purent l'abandonner et que, en partant, ils la déposèrent sur le siège arrière à côté des valises.

10

Ils arrivèrent au moment où ils venaient définitivement de s'habituer à voyager. À force de parcourir tant de kilomètres, ils avaient presque oublié le but de leur voyage, la vie avait été remplie de tant de choses nouvelles qu'Alma avait perdu de vue les choses anciennes qui l'avaient poussée à partir. Ils avaient roulé, encore et encore, et soudain, ils étaient arrivés. Ils se retrouvaient dans un vide qui ne se différenciait guère de celui par lequel ils étaient passés les semaines précédentes. Alma le savait bien, mais elle était quand même surprise de voir que chercher ne donnait pas automatiquement le droit de trouver. La dure loi des attentes et de la déception la fit presque pleurer. L'être humain avait toujours la nostalgie d'un lieu qui n'existait pas. Celui qui avait hanté les pensées d'Alma presque jusqu'à l'obsession avait disparu. Il n'en restait à peu près rien, juste une plaque commémorative, des traces à moitié effacées sur le sol, là où la végétation était moins dense, endroits où rien ne poussait et sur lesquels trébuchait le regard, mais il n'y avait rien, strictement rien qui aurait pu témoigner du passé. Il n'y avait toujours pas un seul arbre à perte de vue. Rien que du sable, jaune et gris, et un horizon que rien ne venait structurer, des plants d'absinthe et de soude brûlée couchés par le vent, solitude immense, paysage infini.

Le vent brûlait les yeux comme s'il pénétrait directement dans le noir de la pupille. Alma cherchait fébrilement un indice prouvant que son grand-père avait vécu et survécu ici, que ce lieu était bien réel, elle fut prise d'une nervosité frisant l'hystérie, elle frottait ses ongles contre la paume de ses mains, les enfonçait dans les lignes où sa grand-mère avait tant aimé lire son avenir. Elle retrouvait ici ce qu'elle connaissait déjà, une absence. Elle se rendit compte qu'atteindre un but était parfois la pire des choses qui puisse arriver. Quoi qu'elle ait pu attendre, cela n'advint pas. Le rideau de fin ne tomba pas. Le rêve de trouver la certitude, la clarté, absurde comme le sont tous les rêves, ne se réalisait pas, il n'y avait pas de signe, pas de sentiment de soulagement, pas de conclusion à l'histoire. Dans ce vide, c'était la première fois qu'elle aurait eu besoin d'un dieu que personne ne lui avait jamais transmis, contrairement à toutes les histoires qui l'avaient aiguillonnée jusqu'à présent. Alma regarda autour d'elle. Le camp avait été démantelé, les baraquements, les chemins et les barbelés, les destinées et les années déblayés, les demeures des petites et des grandes souffrances démolies, le moindre reliquat soigneusement enlevé. La guerre avait disparu. Comme partout, le présent dissimulait son passé. Comme si le monde extérieur accusait le monde intérieur de mensonge. Un bref instant, elle se mit à douter aussi bien des histoires qu'elle avait rassemblées ces dernières années, et des réflexions qu'elles lui avaient inspirées, que de l'influence qu'elles avaient exercée sur elle. Elle avait entrepris ce voyage pour voir ce que son grand-père avait vu, comme si le simple fait de se trouver au même endroit pouvait rapprocher deux personnes, mais ce fut un échec qu'elle accueillit d'abord avec un haussement d'épaules, puis avec un grand rire.

La tête de cheval regardait par la fenêtre de la voiture, morte et avec l'air sérieux de quelqu'un qui porte un chapeau. Alma vit Friedrich et Emil marcher dans le sable à quelque distance, vit Friedrich, la bouche grande ouverte, crier à la place d'Emil en le voyant ramasser un objet tranchant et s'y couper, une pantomime, très loin, sans le son que le vent emportait dans la direction opposée. Dans ce lieu, elle ne trouvait ni consolation ni absolution, mais elle oublia un instant les images qu'elle portait en elle, elle oublia le grand-père, le mangeur de sel, le jeteur de sucre, le soldat, le meurtrier, elle oublia l'histoire de sa vie et de sa mort, et leur tristesse. Tout était vide. Seul le ciel lui semblait d'un bleu outrancier, artificiellement saturé, comme s'il était encombré de corps, comme s'il menaçait d'éclater du trop-plein de ses morts invisibles, comme si, en le scrutant attentivement, on pouvait voir dépasser de chaque nuage un bras et une jambe, comme s'ils pouvaient tomber sur terre pareils à une grosse averse quand le temps change brusquement.

Aux abords du village suivant, où ils voulaient acheter des légumes et des œufs, était dressée une petite tente de cirque, comme une hallucination au bord de la route poussiéreuse. La bâche multicolore retenue au milieu par un mât était fixée dans le sable par des cordes. Ils passèrent devant lentement. Un homme torse nu, un verre de thé à la main, était assis sur une énorme planche à clous et, impassible, il leur fit un signe de la main. Emil riait.

La photocomposition de cet ouvrage
a été réalisée par
GRAPHIC HAINAUT
30, rue Pierre-Mathieu
59410 Anzin

Imprimé en France par CPI
en août 2021

MIXTE
Papier
FSC FSC® C003309

L'éditeur de cet ouvrage s'engage dans une démarche
de certification FSC® qui contribue à la préservation
des forêts pour les générations futures.

Pour en savoir plus :
www.editis.com/engagement-rse/

N° d'édition : 62101/01
N° d'impression : 163909